취미는 악플,
특기는 막말

취미는 악플,
특기는 막말

김이환
정명섭
정해연
조영주
차무진

생각학교

차례

하늘과
바람과
별과
복수

조영주

"창피해, 좀 떨어져!"

갑작스레 들린 날카로운 목소리에 사인을 하던 해환의 손이 멎었다.

방금 전 책방에 들어선 여자애가 일행에게 짜증을 내고 있었다. 둘 다 해환과 비슷한 연령대 같았다. 짜증을 내는 쪽이 조금 어려 보여 중학생, 받아주는 쪽이 고등학생이 아닐까 싶었다.

"우리 작가님, 손이 멈췄네."

동주 삼촌의 말에 정신이 들었다. 해환은 어색하게 웃으며 다시 손을 놀려 하다 만 사인을 완성했다.

천재가 아니라 운이 좋았습니다! 윤해환

사인한 책을 내밀자, 해환의 사인을 기다리던 20대 여자가 환하게 웃으며 기뻐했다.

"작가님, 실물이 더 귀여워요!"

"가, 감사합니다!"

"피부 좀 봐! 완전 아기야!"

해환은 자신의 책을 사고 사인을 받아준 20대 여자를 책방 밖까지 배웅했다. 뒤를 돌아보며 자꾸 손을 흔드는 여자에게 몇 번이고 손을 함께 흔들어 화답해줬다. 이런 손님을 만날 때마다 해환은 오 년 만의 귀국에 보람을 느꼈다.

인연은 가끔 전혀 예상치 못한 곳에서 시작된다.

열다섯 살의 여름, 캐나다에서 유학중이던 해환은 여행을 온 〈동주책방〉의 사장 이동주를 우연히 만났다.

"그거 알아? 해환은 윤동주 아명이야!"

동주가 먼저 해환의 이름을 듣고 반가워했다.

"저도 알아요! 저희 부모님이 윤동주를 좋아해서 제 이름을 해환이라고 지었댔어요!"

"와, 그럼 우린 동명이인인가?"

해환은 동주가 자기 이름을 딴 책방을 한다는 이야기에 그런가보다 했다가, 부산 망미동에서 책방을 한다는 이야기에 더 신기해졌다.

"저 거기서 나고 자랐는데!"

그렇게 고향 이야기를 하다가 해환은 자연스레 그곳에서 어떤 사정으로 캐나다까지 오게 되었는지 이야기하게 되었다.

"네 이야기를 들으니 생각나는 책이 있어. 여행 끝나고 책방 가서 챙길게."

"그럼, 집에 이야기해둘게요. 엄마가 짐 부칠 때 같이 보내주실 거예요."

동주는 귀국 후 야마다 에이미의 소설 『풍장의 교실』을 보내왔다. 그 책에는 '하늘과 바람과 별과 과학'이라고 적힌 〈동주책방〉의 책갈피가 꽂혀 있었다. 해환은 이 책이 마음에 들어 몇 번이고 거듭해 보았다.

이후 해환은 동주를 삼촌이라고 부르며 따랐고, 동주 역시 "내가 일찍 결혼했으면 너만 한 딸이 있다"며 종종 여러 권의 책을 캐나다로 보내주었다.

그렇게 시작한 독서가 지금의 해환을 낳았다.

열일곱 살 때, 캐나다에서 쓴 소설 『전화를 싫어하는 소설가, 전화를 받아주는 여자』가 한국 굴지의 청소년문학 공모전에 당선됐다. 이후 해환은 천재 소설가로 유명세를 날리게 되었다.

그래서 올해, 출판사가 제안한 일정에 협조하기 위해서 귀국했다. 마음 같아선 귀국하자마자 동주 삼촌이 운영하는 책방부터 가고 싶었지만 일정이 가득차 있었다. 기자회견, 북토크, 각종 매스컴 출연 등 바쁜 나날이 지나고 딱 한 달 여유가 생겼다. 해환은 그 한 달을 고향집에서 보내기로 했다.

일말의 불안감은 있었다.

초등학생 시절의 해환을 기억하는 누군가가 아직 그곳에 있을까봐.

가까스로 돌아온 딸을 부모님은 두 손 두 발 들고 환영했다. 오랜만에 바다가 보이는 자신의 방에 돌아온 해환은 여전한 것들에 진절머리를 느꼈다. 창문을 연 순간 나는 바닷냄새도, 각종 잡동사니도 그대로였다.

엄마의 배려였다. 하지만 해환은 초등학생 시절의 자신을 떠올리게 하는 것은 무엇 하나 보고 싶지 않았다. 그래서 해환은 엄마 몰래 옛날 물건을 뒤뜰 창고로 몽땅 치웠다.

"언니가 뭘 안다고 그래!"

해환이 잠시 생각에 빠진 사이에도 두 여학생의 말싸움은 이어지고 있었다. 언니라는 호칭으로 볼 때 둘은 자매인 모양이었다. 언니는 당황했는지 "죄송해요. 다음에 올게요"라고 말한 후 동생을 데리고 허겁지겁 밖으로 나섰다.

해환은 그런 자매를 향해 말했다.

"다음에 또 오세요!"

이 말에 자매가 거의 동시에 고개를 돌렸다. 언니는 미안한 표정을 잔뜩 띠며 해환을 바라보았지만 동생은 달랐다. 여전히 인상을 쓰고 입을 내밀고 있었다. 그 얼굴은 지난 육 년간 단 한 번도 잊지 못했던 초등학교 동창 희선과 꼭 닮은꼴이었다.

해환은 잠시 희선의 일을 떠올리고 진저리쳤다.

그보다 문제는 차기작이었다.

귀국 후 어떤 매체와 인터뷰를 해도 늘 같은 질문을 받았다.

"차기작은 어떤 걸 쓸 예정인가요?"

해환은 대답할 말이 없었다.

운이 좋아 얼떨결에 상을 탄 것에 불과했다. 애당초 공모전에 낸 것 자체가 해환의 결정이 아니다보니 다음 계획이 없었다.

첫 소설을 완성한 직후, 해환은 동주 삼촌에게 이메일로 소설을 보내고 감상을 물었다. 금방 답을 준다던 동주 삼촌은 일주일 후에야 메신저로 연락해왔다.

[공모전이 있어서 연락이 좀 늦었어.]

해환은 동주 삼촌의 말을 잘 이해할 수 없었다. 무슨 공모전이 있단 말인가 싶어 묻자 동주 삼촌은 답했다.

[네 소설 너무 좋더라고. 그래서 내가 대신 공모전에 냈어.]

해환은 처음엔 화를 냈다. 하지만 얼마 지나지 않아 별일 없겠거니 싶었다. 열일곱에 난생처음 쓴 소설이 공모전에서 수상할 가능성은 한없이 낮을 것 같았다. 그런 게 가능한 건 천재뿐일 테니까.

그런데 해환 자신이 바로 그 천재가 될 줄이야.

이렇게 상을 탔으니 차기작을 준비했을 리 없었다. 그렇다고 솔직하게 아직 아무 계획이 없다고 말할 수도 없었다. 부모님이나 출판사는 다 잘될 거라고, 아직 어리니까 느긋하게 생각하자고 했지만 해환은 생각이 달랐다. 수상은 우연이었지만 어떻게든 시작한 일이니 진지하게 마주볼 셈이었다.

해환은 다시 자리에 앉아 노트북 화면을 바라보았다. 착상 노트며 읽다 만 책을 뒤척이다가 무심코 핸드폰 화면을 들여다봤다.

화면에 부재중 전화가 찍혀 있었다. 어젯밤부터 지금까지 벌써 세 번이나 모르는 번호로 전화가 걸려왔다.

귀국하면서 초등학생 때 쓰던 핸드폰을 잠시 살렸다. 하지만 캐나다에서 쓰던 핸드폰을 주로 사용하다보니 이걸 쓰는 일은 거의 없었다.

해환은 자신이 쓴 소설 속 주인공처럼 전화 통화를 별로 좋아하지 않았다. 캐나다에서 쓰던 핸드폰을 그대로 사용했다. 와이파이를 잡아 SNS 앱 등으로 연락하는 게 편했다. SNS 앱으로 캐나다 친구들과 대화를 나누었기에 관계자, 특히 출판사는 그쪽으로 연락했다.

그런데 이 핸드폰으로 어제 전화가 왔다. 그것도, 저녁 여덟시가 넘은 시각에.

귀국하자마자 받았던 전화가 스팸 전화였다. 이후 해환은 모르는 번호는 받지 않았다. 이번에도 그럴 거라고 생각하고 무시했다.

보통 전화를 안 받으면 문자를 하기 마련이다. 그런데 이 상대는 다시 전화를 걸어왔다.

'끈질긴 스팸 전화일까. 아니면 신문사 취재?'

처음 귀국했을 당시 한 신문사에서 국내용 핸드폰으로 몇 번인가 전화며 문자를 해온 적이 있었다. 해환이 도통 답이 없자 신문사에서는 출판사를 통해 연락을 해왔다.

해환이 핸드폰을 노려보는데 또 한 번 같은 번호가 화면에 찍혔다. 그냥 받으려고 하는 순간, 한 손에 핸드폰을 든 손님이 책방 문을 열고 들어왔다.

방금 전 봤던 자매 중 언니가 다시 왔다. 해환은 핸드폰을 손에서 내려놓으며 자리에서 일어났다.

"오늘 학교 쉬는 날인가봐요?"

"네?"

여자는 핸드폰을 손에 든 채 해환을 보다가 크게 당황한 표정으로 손을 내렸다.

"아까도 오셨고, 다시 오셨고."

"아, 개교기념일이거든요."

"그러시구나. 잘 보시다 가세요."

해환은 웃으며 인사한 후 도로 자리에 앉았다.

걸려오던 전화는 그새 끊겨 있었다. 해환은 지금 온 손님이 나간 후 전화를 걸어봐야겠다고 생각하며 다시 노트북 화면을 바라보았다.

"저…… 윤해환 맞죠?"

그런데 방금 들어온 여자가 말을 걸어왔다.

〈동주책방〉에서 아르바이트를 시작한 후 생각보다 많은 사람들이 해환을 찾아왔다. 이들은 하나같이 비슷한 반응을 보였다. 일단 책방에 들어온 후 한참 해환의 주변에서 머뭇거렸다. 그러다가 다가와서는 해환에게 혹시 소설가 윤해환이냐고 물었다.

처음 이런 질문을 받았을 때엔 크게 당황했다. 캐나다에서는 한 번도 없는 일이었다. 서울에서도 마찬가지였다. 하지만 삼촌이 “네가 한 달간 아르바이트한다고 인스타그램에 홍보 좀 했지”라는 말을 한 후로는 그런가보다 하게 됐다. 이제는 어지간히 뻔뻔해져 적당한 멘트까지 생겼다.

“아, 예. 제가 소설 쓰는 윤해환입니다.”

보통 이렇게 말하면 다음 대답은 정해져 있었다.

“어머, 귀여워” “팬이에요. 사인해주세요” “『전소전여』 정말 재미있게 봤어요” 등등.

특히 해환 또래의 여자 고등학생들이 많이 찾아왔다. 이들은 해환을 볼 때마다 꺅꺅 소리를 지르며 천재라고 야단을 떨었다. 사인을 받고 함께 사진을 찍는 건 물론이고 당장 인스타그램이나 페이스북 친구를 해달라고 졸랐다.

그때마다 해환은 헤실헤실 웃으며 소원을 들어주었다.

해환은 이 여자 역시 데뷔작을 이야기하며 사인을 요청하겠거니 했다.

“정말 해환이니? 명명초등학교 졸업한 윤해환 맞아?”

그런데 조금 반응이 달랐다. 게다가 약간 높아진 목소리가 지나치게 낯익었다.

사람의 목소리는 지문과 같아서 평생 거의 변하지 않는다는 말을 어디선가 본 적이 있다. 해환은 지금 이 순간, 그 말을 떠올리고 있었다.

이 목소리는 꿈에도 잊을 수 없었던 그 목소리, 오희선과 닮은꼴이었다.

"졸업은 안 했는데……"

해환은 약간 떨리는 목소리로 대꾸했다. 해환은 초등학교를 졸업하지 않고 6학년 때 캐나다로 유학을 갔다.

아니. 정확히는, 졸업하지 '못한' 거였다.

"정말 너 맞구나! 나야, 나 오희선!"

진짜 오희선이었다.

방금 전 책방을 나섰던 동생을 보며 오희선을 떠올리긴 했다. 꽤 닮은 애라고 생각했건만 설마 언니가 장본인이었을 줄이야.

"나 너 소설 낸 거 읽었어! 주변에 내 절친이 소설가 됐다고 막 자랑하고! 세상에 어쩜 그렇게 한번 연락을 안 해! 전화는 왜 안 받아! 우리 어디 가서 이야기하지 않을래? 지금 열한 시니까 우리 이른 점심 먹자. 그래도 되죠?"

희선이 갑자기 뒤에 서 있던 동주 삼촌에게 물었다.

"네. 응? 어?"

삼촌은 해환만큼 희선의 등장에 당황하고 있었다. 그 탓에 한 타이밍 늦게 반응했다. "아, 그게……" 하고 입을 열다가 해환의 눈치를 봤다.

삼촌은 해환의 초등학교 시절 사정을 잘 알고 있었다. 물론, 지금 나타난 희선이 어떤 아이인지 역시.

삼촌의 염려 어린 표정에 해환은 정신이 들었다.

"희선아, 나는 여기가 직장이야. 사적인 이야기는 이따가 점심때 하자. 앞으로 한 시간 정도만 기다리면 돼."

"하지만 한 시간쯤 일찍 나가도……"

"곤란해."

해환이 단호하게 말하자 희선이 입을 다물었다. 잠시 불쾌한 표정을 짓는가 싶었지만 이내 웃어 보였다.

"그럼 그러자."

해환은 오랜만에 만난 희선의 얼굴에서 예전 모습을 찾을 수 없다고, 사람 좋은 인상이 되었다고 생각했다. 하지만 잠시 스쳐지나간 불쾌한 표정엔 예전의 희선이 있었다. 이런 희선의 표정을 보고 나니 괜히 불안해졌다. 지금은 친한 척하지만 단둘이 있으면 태도를 바꾸는 건 아닐까, 역시 데뷔작을 보고 따지러 온 건 아닐까 하는 걱정이 생겼다.

데뷔작에 나온 '희주'는 희선이 모델이었다. 그리고 문제의 '희주'는 지독한 악역이었다.

"이제 나가도 되지?"

정오를 오 분 남겨두고 희선이 다시 말을 걸어왔다. 마음 같아서는 점심시간까지 오 분 남았다고 하고 싶었지만 삼촌이 선수를 쳤다.

"네, 오 분 정도야 괜찮죠. 잘 먹고 와요."

해환은 미안한 마음에 삼촌에게 고개를 끄덕여 보인 후 희선을 따라 책방을 나섰다.

희선과 해환은 골목을 내려가 큰길 앞 횡단보도 앞에 섰다.

"우리 뭐 먹지?"

희선의 질문에 해환은 말문이 막혔다.

평소 해환은 점심을 자주 걸렀다. 출근이 열시인 데다 집이 근처라 따로 식사를 챙기지 않았다. 또 책방을 찾는 손님들 중에는 희한하게 뭔가 사들고 오는 사람들이 많았다. 단골이나 해환의 팬을 자청하는 사람들이 하루가 멀다 하고 먹을 걸 사오다보니 군것질을 하느라 배고플 틈이 없었다.

어제만 해도 마카롱이 잔뜩 들어왔다. 희선이 오지 않았다면 오늘의 가벼운 요깃거리는 따듯한 커피와 마카롱이 되었을 것이다.

“국밥집은 어때? 돼지국밥 잘하는 집 있는데.”

해환이 한참 대답을 망설이자 희선이 재빨리 먼저 말을 붙여왔다.

그러고 보니 귀국 후 한 번도 돼지국밥을 안 먹었다. 캐나다에서 가끔 생각나는 일은 있었지만 먹고 싶어질 정도로 좋아하진 않았다. 기억에 남은 냄새와 맛을 떠올리자 저절로 혀에 침이 고였다.

“그러자.”

국밥집에 가는 내내 희선은 망미동 가이드라도 된 듯 주변에 보이는 것을 일일이 설명해주었다. 저곳엔 이십 년 된 출판사 겸 게스트하우스 겸 서점이 있네, 저기 보이는 밥집은 생긴 지 얼마 안 됐네, 코너의 카페엔 고양이가 사네, 이 동네가 수석이 유명해서 각 매장마다 수석과 관련된 전시를 했었네 등등 대체 어떻게 알아낸 건지 몰라도 말을 멈추지 못했다.

해환은 한마디 쏘아붙이고 싶었다.

TMI, too much information.

너무 말이 많다고.

육 년 전, 초등학교 5학년 희선은 이런 성격이 아니었다. 희선은 평소 말수가 적은 편이었다. 그리고 해환은 차라리 희선이 말을 안 하는 편이 낫다고 생각했었다.

희선은 입만 열면 '충고'를 했으니까.

국밥집에 도착한 후로도 희선은 말을 멈추지 않았다. 희선은 이 국밥집이 언제 생겼고 어떤 유명인들이 왔으며 요즘엔 얼마나 인기가 많은지, 묻지도 않은 설명을 연이었다.

그사이, 해환은 희선의 얼굴을 관찰했다. 사람 좋게 생긴 얼굴 어디에 예전의 오희선이 숨어 있는가 알 수 없었다. 더불어 생각했다. 희선이 내 소설을 읽었다는 말은 거짓말일 거라고. 그 소설을 읽었다면 이렇게 반가워할 리가 없다고.

"내 소설 정말, 좋았어?"

"물론이지! 『전소전여』 정말 좋더라. 나는 정구랑 명주가 마지막에 사귈 줄 알았어. 그런데 안 사귀어서 조금 아쉽더라. 혹시 2편 쓸 거야? 그럼 둘이 사귀게 해주면 안 돼?"

그러더니 줄거리를 좔좔 읊었다.

『전화를 싫어하는 소설가, 전화를 받아주는 여자』 속 남자 주인공 최정구는 전화를 싫어한다. 집전화는 물론 핸드폰도 없다. 주변에서는 연락하기 불편하다, 별종이라고 말하지만 끄떡하지 않는다. 일단 최정구의 직업 자체가 전화가 거의 필요 없는 일이다.

스물일곱 살 최정구의 직업은 소설가다. 그것도 중학교를 중퇴한 후 소설에만 매달려 열여덟 살에 데뷔해, 스무 살 약관의 나이에 대한민국 최고의 문학상을 탄 천재 소설가.

요즘 같은 시대엔 노트북 한 대만 있으면 대체로 업무가 가능하다. 혼자 하는 업무가 대부분인 소설가 최정구는 더더욱 그렇다. 이런 일이 가능한 까닭은 '전화 받아주는 여자'의 존재 덕이다.

'전화 받아주는 여자'의 이름은 이명주.

서른두 살인 명주는 유능한 비서다. 처음엔 일반적인 비서 역할을 수행하면 되겠거니 했다가 최정구가 병적으로 전화를 싫어한다는 사실을 알게 된 후 그 까닭에 흥미가 생긴다.

그러던 어느 날, 최정구의 소설이 대학로에서 연극으로 올라간다.

첫날 공연장을 함께 찾아간 최정구와 명주.

최정구는 무대에 오른 주연배우를 보고 크게 당황한다. 이마가 무척 넓은 여자. 그녀의 이름은 이희주, 현직 대학원생 배우로 유명세를 날리고 있었다.

최정구는 명주에게 자신을 숨겨달라고, 어떻게든 저 여자의 눈에 띄지 않게 해달라고 부탁한다. 이에 명주는 희주가 정구의 옛 연인이 아닐까 흥미를 느낀다.

과거 두 사람이 연애라도 했던 건가.

궁금증이 깊어진 명주는 희주에게 자세한 사연을 물어보고, 이 상황에서 전혀 예상치 못한 최정구의 사정을 알게 된다.

둘은 초등학교 선후배 사이였다. 초등학생 시절, 최정구는 지독한 입냄새가 났었다. 희주가 그걸 지적했다가 방송반 선후배 사이였던 두 사람은 아주 험악한 사이가 되었다.

명주는 의아하다. 지금의 최정구는 전혀 입냄새가 나지 않는다. 아직도 어린애처럼 비누 냄새가 난다. 그런데 이때의 지적이 원인이 되어 전화까지 피하게 됐다니, 아무래도 믿기 힘들다.

원인은 다른 쪽에 있는 모양이다.

명주의 호기심은 풀리지 않은 채 시간만 간다. 그러던 중, 명주는 지방 출장을 갔다가 최정구의 공황장애를 목격한다. 명주가 잠깐 자리를 비운 사이에 온 전화를 최정구가 어쩔 줄 몰라 하고 받았다가 쓰러진 것.

병원까지 실려간 최정구. 그곳에서 최정구는 명주에게 자신이 전화를 싫어하게 된 까닭을 조심스레 고백한다.

최정구는 초등학교 5학년 때 방송반에 들어갔다가 지독한 따돌림을 당했다.

계기는 희주의 한마디였다.

"너 입냄새 나."

이 말을 처음 들었을 때엔 "그런가요?" 하고 웃어넘겼다. 그런데 얼마 지나지 않아 최정구는 입냄새가 심한 후배가 되어 있었다. 이후 방송반에 갈 때마다 다들 최정구에게서 입냄새가 난다고 지적했다.

"너 입냄새는 좀 나아졌냐?"

"그러다 마이크로 전교에 입냄새 퍼지는 거 아냐?"

최정구는 이 말에 스트레스를 받아 치과에서 구취 치료를 받았다. 하지만 치료가 끝나 구취가 전혀 없다는 진단을 받고 난 후로도 이 말은 그에게서 떨어지지 않았다.

참다못한 최정구는 방송반 회의 자리에서 이 이야기를 공식적인 안건으로 꺼냈다. 그랬더니 다들 뭐 그런 걸로 화를 내냐고, 무서워서 대화나 하겠냐며 오히려 최정구를 이상한 사람 취급했다.

얼마 지나지 않아 다들 최정구를 없는 사람처럼 대하기 시작했다. 인사를 해도 못 본 척 슬쩍 고개를 돌리고 자리를 피했다.

최정구는 처음엔 이런 일이 괴로웠다. 하지만 조금 지나자 이게 차라리 낫구나 싶었다. 깨달아버린 것이다. 아무리 노력해도 자신을 싫어하는 사람이 세상에 존재한다는 사실을.

이후, 최정구는 그들을 무시하고 공부에 전념했다. 이들에게 듣는 이야기를 매일 일기로 적으며 스트레스를 풀었다.

자연스레 학교에 관심이 사라졌다. 거의 등교를 하지 않다가 중학교 때 결국 중퇴 처리가 되었다. 부모님은 걱정이 이만저만이 아니었지만, 최정구가 어린 나이에 소설가로 데뷔하면서 이것도 다 천재의 기벽으로 인정받았다.

문제는 소설가로 데뷔한 후였다. 자꾸 이때의 일이 떠올라 최정구는 사람들과 대화를 하는 일이 힘들어졌다. 전화 통화를 하는 일은 더더욱.

시간이 지나며 사람을 대하는 것은 나아졌지만 유독 전화 통화에 대한 공포만은 차도가 없었다. 전화를 통해 입냄새가 퍼지는 것이 불가능하다는 사실을 알면서도, 전화를 받아줄 비서를 구했다. 하지만 비서들은 최정구의 기벽을 오래 버티지 못했다. 몇 번이고 비서가 바뀌던 중 명주가 최정구의 비서로 채용되었다.

소설 속 최정구는 비서 명주의 도움으로 서서히 트라우마를 극복해간다. 일 년 후, 최정구가 정상적으로 통화를 할 수 있게 되자 명주는 비서 일을 그만둔다.

마지막, 여운을 남기면서.

"정구야, 사실 나도 트라우마가 있어. 난 어딜 가도 삼 개월 이상 일을 하지 못해."

명주 역시 어린 시절 따돌림을 경험했다. 그 탓에 어딜 가도 오랜 시간 일을 하지 못했다. 조금만 더 지나면 따돌림을 당할지도 모른다는 공포 탓에 일대일로 할 수 있는 일, 단기간에 하는 일만 해왔다.

이 말에 최정구는 놀란다.

명주가 자신과 일한 시간은 무려 일 년이었다. 그렇다는 말은 혹시?

"정구야, 아니 최정구 작가님. 덕분에 나도 벽을 하나 뛰어 넘은 것 같아."

둘은 서로의 미래에 건투를 빈다.

사람들은 이 부분을 읽고 나면 다시 제일 앞 장으로 돌아갔다. 어떤 장면에서 어떻게 명주가 트라우마를 극복하게 되었는지, 그 장치를 찾기 위하여.

이 소설 속, 최정구에게 처음 입냄새가 난다고 한 '희주'의 모델이 바로 초등학교 5학년 때 희선이었다.

o~~~~~x

육 년 전, 해환은 교실에서 붕 뜬 존재였다. 지금은 날씬해졌지만 당시엔 다른 아이들보다 키도 훨씬 크고, 몸무게도 많이 나갔다. 그 탓에 해환은 외모 콤플렉스가 생겨 주변의 눈치를 살피게 됐다.

왠지 눈에 띄면 안 될 것 같아 얼굴 전체를 앞머리로 가린 채 몸을 잔뜩 웅크리고 다녔다. 공책에 강박적으로 낙서를 했다. 그건 주로 티브이 만화나 책에서 본 것들이었다.

꽃이나 새, 동물들.

이런 해환에게 희선은 말했다.

"해환아, 너 오늘 아침 양치질 안 했어?"

"응? 왜?"

"내일은 꼭 하고 와. 입냄새 난다."

양치질을 안 했다고 오해받긴 했지만, 해환은 희선의 말이 고마웠다. 자신을 염려해준다는 생각에 다음날은 아침에 일어나자마자 양치질을 더 신경써서 하고 왔다.

그런데 다음날도 희선은 말했다.

"해환아, 너 오늘도 입냄새 나는데."

해환은 움츠러들었다. 다음날은 더 시간을 들여 양치질을 하고 학교에 왔지만 희선은 여전했다. 또 보자마자 같은 말을 했다.

"너 병원 가봐야 하는 거 아냐?"

"입냄새 나는 거 큰 병일지도 모른대."

매일 반복되는 입냄새 이야기.

해환은 거의 아무 말도 하지 못하게 됐다. 숨조차 크게 쉴 수 없었다. 그런데도 희선은 늘 해환만 나타나면 두 손으로 코를 쥐었다. 웃으며 입냄새를 지적했다.

해환은 아예 칫솔과 치약을 들고 학교에 가기로 했다. 일단 등교하면 희선이 오자마자 바로 칫솔과 치약을 꺼냈다. 화장실에 가서 양치질을 하고 돌아왔다.

그래도 희선은 똑같았다.

돌아온 해환에게 바로 "너 입냄새 나"라고 속삭였다.

한 달쯤 지나자 해환만 보면 애들이 수군거렸다. 눈이라도 마주치면 대놓고 인상을 쓰며 코를 싸쥐었다. 상황이 이 정도에 이르자 담임선생님이 해환을 호출해 진지하게 말했다.

"치과 치료를 받아보는 게 어떻겠니?"

이 말을 하는 담임선생님마저 코를 쥐고 있었다.

해환은 담임선생님의 말에 크게 충격을 받았다. 정말 그렇게 입냄새가 심한가 싶어 엉엉 울며 집에 돌아왔고, 부모님은 해환보다 더 당황했다.

"우리 딸, 입냄새 안 나는데……"

일단 치과에 가보기로 했다.

치과의사 역시 당황했다.

"냄새 안 나요, 학생."

그래도 스케일링을 받고 구취를 예방하기 위한 여러 안내를 받았다.

참 이상한 일이었다.

부모님은 해환의 입냄새를 맡지 못했다. 그런데 학교만 가면 다들 해환의 입냄새를 맡았다.

둘 중 하나가 거짓말을 하는 게 분명했다.

이후로도 아이들의 반응은 여전했다. 다들 해환이 다가오면 눈치를 봤다. 코를 쥐거나 인상을 쓰다가 조심스레 말했다.

"해환이 너, 입냄새가 심한 거 같아."

미칠 노릇이었다.

집에서는 안 나는 입냄새가 왜 학교만 오면 난다는 건지, 해환은 알 수 없었다.

해환은 점점 학교에 가는 게 싫어졌다.

그러던 중 캐나다 유학 이야기가 나왔다. 중학교에 진학하는 대신 캐나다 이모의 집에서 공부를 하는 건 어떻겠냐는 제안에 해환은 당장이라도 가겠다고 말했다.

조금이라도 빨리 도망치고 싶었다.

아무도 입냄새를 지적하지 않는 곳으로.

그렇게 해환은 초등학교 6학년, 졸업도 하지 않고 급히 캐나다로 유학을 떠났다.

하지만 캐나다에 간 후로도 해환은 희선과의 일을 잊을 수 없었다. 현지에서 새로 사귄 친구들과 조금만 길게 말하자면 입냄새가 신경쓰였다. 갑자기 입을 다물고 급히 화장실로 달려가곤 했다. 이를 닦고 나서야 안심할 수 있었다.

문제는 그후였다. 이젠 자리를 비운 것이 신경쓰였다. 자신이 없는 사이 친구들이 욕을 하진 않았을까 싶어 어딜 가도 불안했다. 분명 뒤에선 다 자신을 욕할 거라고, 비웃을 거라고 여기고 지레 겁먹고 말을 안 했다. 마음을 숨겼다.

결국 해환은 캐나다에서도 마음을 나눌 친구 한 명 사귈 수 없었다.

중학교에 들어간 후로도 이런 불안감은 여전했다. 배우는 과목이 늘어나자 두 배로 중압감을 느꼈다. 모국어가 아닌 영어로 교육과정을 따라가는 건 생각보다 힘에 부치는 일이었다. 당연히 수업시간, 지적을 받는 일도 있었다.

문제는 이런 상황에 대한 해환의 대처 방식이었다.

선생님이 사소한 것을 지적하면 해환은 울었다. 갑자기 대성통곡을 했다. 모든 일에 완벽한 사람은 없다. 중학생이라면 더욱 당연한 일이다. 그것 역시 학업의 일부다. 머리로는 알고 있었다. 그런데도 실수를 지적받을 때마다 눈물이 났다.

친구들을 대하는 태도 역시 마찬가지였다. 같은 반 친구들이 장난을 친다고 사소한 걸로 놀리면 해환은 바로 울음을 터뜨렸다. 화를 내고 싸웠다. 몇 번이고 이런 일이 반복되자 친구들이 자연스레 해환과 거리를 두기 시작했다.

노는 그룹을 바꿔봐도 소용없었다. 얼마 지나지 않아 해환이 울고 신경질을 냈다.

결국 해환은 모두의 기피 대상이 되어버렸다.

이런 일이 반복되자 이모는 해환을 데리고 병원으로 갔다.

해환은 사회공포증, PTSD, 불안장애, 우울증 등의 진단을 받았다. 이후 약물 치료와 함께 상담 치료가 병행되었다.

이때 처음 알았다. 초등학교 5학년 시절 그 일이 일종의 집단 따돌림이었다는 사실을. 담임선생님마저 공범이었다는 사실을. 그것이 트라우마가 되어 이곳에서도 적응을 못한다는 사실을.

학교는 여전히 갈 수 없었다. 해환은 대신 캐나다 곳곳을 돌아다니며 많은 것을 보고 들었다. 해환은 전혀 모르는 사람을 만나면 밑도 끝도 없이 자신의 사정을 털어놓곤 했다. 그런 말을 했을 때 상대가 안쓰러워하는 게 좋았다.

동주 삼촌을 만난 건 이즈음이었다. 삼촌 역시 해환의 이야기를 잘 들어주었다.

그리고 보내준 책 『풍장의 교실』.

왕따를 당하는 주인공이 자신을 따돌리는 친구들을 서서히 마음에서 풍장시킨다는 이야기다.

풍장.

사막에서 장례식을 치를 때 쓰는 방법이란다. 시체를 사막에 버려두고 바람이 서서히 그 시체를 모래로 만들어버리게 하는 그런 장례.

'나를 이해해줬어.

삼촌은 내 기분을 이해해.'

처음 이 소설을 읽은 날, 해환은 계속 눈물이 났다. 몇 번이고 거듭 읽으며 생각했다.

'언젠간 이런 소설을 쓰고 싶다.'

이후 해환은 동주가 보내주는 책을 열심히 읽었다. 학교에 안 가다보니 시간이야 많았다. 매일 책을 읽고 꼬박꼬박 감상

문을 쓰다가 언젠가부터 소설 쓰기에 맛을 들였다.

그러다 작년, 『전화를 싫어하는 소설가, 전화를 받아주는 여자』를 썼다.

처음 이 소설을 쓰기 시작했을 때엔 초등학교 시절 사연까지 떠올릴 줄은 예상치 못했다. 그런데 이야기를 쓰면 쓸수록 주인공 최정구의 마음에 깊이 빠져들었다. 내면에 숨어 있는 진짜 감정을 마주하면서 자신이 왜 싫은 소리만 들었다 하면 우는 건지 깨달을 수 있었다.

해환은 무의식중에 늘 생각하고 있었다.

실수를 하면 상대방이 자신에게 실망할 거라고, 정이 떨어질 거라고, 결국 싫어하고 따돌릴 거라고 여긴 거다.

그래서 먼저 싸우자고 덤벼들었다.

혼자가 되는 게 무서워서, 어쩔 줄 몰라 하다가 정말 따돌림을 당하고 말았던 거다.

해환은 늘 혼자 있게 되는 자기 자신을 소설 속 두 주인공 최정구와 이명주에게 대입시켰다. 고독한 두 명의 주인공들이 서로를 조금씩 받아들이며 트라우마를 극복하는 이야기를 적었다.

언젠가, 자신도 그렇게 되기를 빌며.

동시에 복수했다.

자신을 트라우마에 빠뜨렸던 희선을 모델로 한 '희주'를 나락에 떨어뜨렸다.

o ⁓⁓⁓ x

희주는 무슨 일이 있어도 잘못을 인정하지 않는 캐릭터다.

희주는 결코 사과하는 일이 없다. 언제나 자신이 남들보다 위에 있어야 안심한다.

이런 희주에겐 고등학생 때부터 사귄 남자친구가 있다. 그의 이름은 지석, 희주와 마찬가지로 연극배우다. 희주는 지석이 자기보다 잘되거나 눈에 띄는 것을 참지 못한다. 어딜 가도 자신이 중심이 되어야 하는 성격 탓에 둘은 자주 다투다가 결국 헤어지고 만다.

이후 희주는 지석에 대한 갖은 나쁜 소문을 퍼뜨린다. 하지만 그 모든 게 거짓말이라는 사실이 알려진 후, 오히려 그녀가 궁지에 몰린다. 극단 내 사람들에게 기피 대상이 되어 주연 자격마저 박탈당한다.

희주는 악에 받쳐 처음 만나는 사람들에게 자신이 속한 극단의 흉을 본다. 처음 희주를 만난 사람은 이런 그녀의 말을 믿고 불쌍하게 여긴다. 하지만 그녀를 몇 번 만나고 나면 다 거짓말이란 사실, 또 다른 곳에 가서는 자신에 대해 욕을 하고 다닌다는 것을 알게 된다.

다들 희주에게 질려 그녀의 곁을 떠난다. 희주는 결국 '허언증 환자'로 기사화되기에 이른다.

소설 속 '희주'의 외모는 초등학생 시절의 희선을 상상하며 적었다. 이마가 넓고 자주 인상을 써서 미간에 주름이 깊게 팬 비쩍 마른 여자.

겉으로는 입냄새를 걱정한다고 했지만, 사실은 해환을 괴롭히는 게 즐거웠던 초등학생 희선.

○~~~~~×

"해환아, 나, 사인해줄래?"

돼지국밥을 기다리며 희선이 가방을 열었다. 해환의 소설을 꺼내 내밀었다.

"어, 그래."

해환은 웃으며 책을 받았다. 다른 사람들처럼 눈을 반짝이며 자신을 바라보는 희선을 찬찬히 관찰했다.

희선은 통통했다. 많이 웃는 사람에게 생기는 주름이 눈가와 입가에 져 있었다. 어디로 봐도 착한 고등학생으로 보였다. 지금만 해도 해환의 소설 이야기를 하며 연신 싱글벙글했다.

'그때의 희선은 이제 어디에도 없는 걸까. 그렇다면 다행이다.'

해환은 『전소전여』를 쓰면서 처음으로 자기 자신을 받아들일 수 있게 되었다. 그렇게 소설을 완성한 후, 해환은 아주 조금 여유를 되찾았다. 마침내 다시 학교에 갈 수 있었다. 완벽하게 속마음을 털어놓을 수 있을 정도는 아니지만 자주 만나는 친구들도 생겼다. 싫은 소리를 들어도 대성통곡까지 하는 일은 없어졌다.

그후 해환은 희선을 떠올리자면 전혀 다른 생각이 들었다.

예전엔 지독한 증오부터 들끓었다. 눈앞에 나타난다면 멱살을 잡고 싸우고 싶었다. 하지만 친구가 늘어날수록 그렇게까지 할 필요가 무엇이 있을까 싶었다.

해환은 생각했다.

'지금의 나는 충분히 행복하다. 만나서 멱살을 잡다가 이런 일상이 흔들리면 내 손해다. 그 시간에 나는 조금이라도 행복해질 일을 하는 게 낫다.

어쩌면 이것이 삶일지도 모르겠다. 과거는 과거대로 두고, 지금을 충실하게 보내는 게.'

희선이 다시 책방에 나타났을 때까지도 해환의 이 생각엔 변함이 없었다. 밥을 먹자면 먹어주고, 사인을 받고 싶다면 해주고, 조용히 보낼 셈이었다. 현재의 자신을 방해하지 못하게 할 셈이었다. 희선이 이런 말을 하기 전까지만 해도 이 생각엔 흔들림이 없었다.

"네 데뷔작, 왕따 이야기잖아. 나 그 소설 보고 참 많이 울었어. 네 이야기가 꼭 내 이야기 같았거든."

사인을 하려고 책을 펼치던 해환의 손이 멈췄다.

희선은 해환을 왕따시킨 장본인이었다. 그런 희선이 자기의 이야기라고 느꼈다?

"나, 중학교 때 전교 왕따였어."

"네가, 뭐?"

"전교 왕따."

희선의 입에서 전혀 예상치 못한 이야기가 나왔다.

"별명이 안여돼였어. 안경 여드름 돼지. 중학교 올라가면서 갑자기 살이 쪘거든. 아무도 나랑 밥 먹어주지 않아서 매일

화장실에서 밥을 먹어야 했어. 졸업하고 나서야 이 신세에서 벗어날 수 있었어.

그런데 이번엔 동생이 왕따를 당하고 있어. 아까 봤지? 내 동생? 걔, 중 2야. 연애에 관심이 별로 없는 스타일이야. 예전의 너처럼 책 읽는 거 좋아하고, 얌전하고 그래. 그런데 같은 반 여자애들 눈에는 그게 아주 건방져 보였다나봐.

이십사 시간 내내 괴롭혀. 단톡방을 만들고 초대를 해서 계속 얘를 앞에 두고 별의별 말을 올린대. 천 개, 이천 개 끊임없이. 욕도 하고. 그러면서 얘가 말하면 다 무시한대. 괴로워서 퇴장하면, 다시 초대한대. 그러고도 무시하면 전화를 건대. 받으면 그냥 끊는대. 그걸 다시 단톡방에 들어올 때까지 되풀이한대."

희선의 동생은 전화 공포증에 걸려버렸다. 『전소전여』 속 최정구처럼.

"오늘도 학교에 안 가고 방에만 처박혀 있었어. 등교거부증이래. 그걸 내가 억지로 끌고 나왔어. 그런데 그렇게 짜증을 내고 가버리고. 해환아, 나 너무 힘들어. 얘를 어떻게 해야 하지?"

"자, 국밥 나왔어요!"

그 순간 돼지국밥이 테이블 위에 놓였다. 부글부글 끓고 있는 뚝배기를 보며 해환은 생각했다.

저 돼지국밥이 지금 자신의 속마음 같다고.

'……가증스럽다.'

왕따를 당해 충격을 받은 동생을 억지로 끌고 나왔다고? 게다가 동생을 도와주고 싶은 게 아니라 자신이 힘들어서 어떻게 좀 하고 싶다고?

게다가.

희선은 자신의 중학생 시절 이야기, 동생 걱정은 연이으면서도 초등학생 시절 해환에게 한 짓에 대해서는 단 한 마디의 사과도 하지 않고 있었다. 마치, 그런 일은 전혀 없었다는 듯. 자신은 늘 피해자였다는 듯.

해환은 입맛이 달아났다. 희선은 바로 돼지국밥에 숟가락을 갖다댔지만 해환은 여전히 자신의 책을 펼친 채였다.

"넌 어때?"

해환은 혼자 돼지국밥을 맛있게 먹기 시작하는 희선을 바라보다 물었다.

"네가 가해자라면, 왜 그런 일을 할 것 같다고 생각해? 왜 입냄새 난다고 계속 같은 말을 해서 사람을 괴롭혔을 것 같아?"

희선의 숟가락질이 멎었다. 희선은 잠시 멍청한 표정을 짓더니 천천히 입을 열었다. 지금껏 단 한 번도 들려주지 않았던 느릿느릿하고 낮은 목소리 톤으로 말했다.

"나 사실 만난 적이 있어."

"누구를?"

"중학교 시절, 날 괴롭힌 딱따구리."

○∿∿∿∿×

까까까까깍.

중학교 시절, 옛날 애니메이션에 나오는 딱따구리의 웃음소리를 똑같이 흉내내던 남자 동급생이 있었다.

딱따구리는 심심하면 희선에게 발을 걸었다. 희선이 복도에서 넘어지는 걸 보며 큰 소리로 비웃었다. 까까까까깍, 하고.

고등학교에서 그와 재회한 희선은 딱따구리가 자신을 알아보면 큰일이라고 생각했다. 다이어트를 해서 외모가 바뀌긴 했지만 혹시 모른다는 생각에 계속 피해 다녔다.

하지만 결국 딱따구리에게 걸렸다.

"너, 오희선 아냐! 명명중학교 졸업한! 너 완전 예뻐졌다? 대박. 남친 있어?"

딱따구리의 반응은 희선의 예상과 달랐다. 무척 반가워하더니 주변에서 누군가 둘이 아는 사이냐고 묻자 이렇게 대답하기까지 했다.

"우리 절친이었어. 중딩 때 절친."

희선은 기가 막혀서 웃을 수밖에 없었다. 말도 안 되는 소리였다. 자신만 보면 다리를 걸어 넘어뜨리는 게 취미였던 딱따구리가 어떻게 절친이 된단 말인가.

하지만, 딱따구리는 진심으로 믿고 있었다.

자신과 희선이 절친이었다고.

o⌒⌒⌒⌒⌒x

"언젠가 텔레비전에서 본 적이 있어. 역사는 승리한 사람들의 기록이라고. 승리한 사람들이 패배한 사람들의 이야기를 모두 없애버리고 자신의 이야기만 적으니까 완벽하게 믿으면 안 된다고.

딱따구리가 딱 그 꼴이었어. 자기 편한 대로 기억하고 있더라. 심지어는 나한테 다리 걸고 했던 것도 모두 장난이었다고, 내가 웃으며 즐겁게 받아들였다고 굳게 믿고 있더라.

네 소설을 보며 생각했어. 희주 역시 자신이 최정구에게 한 짓은 전혀 기억하지 못하고 있을 거라고. 분명 자신은 전혀 나쁜 일을 하지 않았다고 믿으며 뻔뻔하게 두 다리 쭉 뻗고 살고 있을 거라고.

그래서 네 소설이 좋았던 것 같아. 희주가 파멸해서. 괴로운 일이 생겨서. 속이 시원했어."

"그래서 넌 그 딱따구리와 어떻게 지내기로 했어?"

"너 좀 웃을 텐데. 나, 딱따구리랑 사귀고 있어."

희선은 핸드폰을 꺼내 배경화면을 보여줬다. 또래의 남자애가 희선의 뺨에 뽀뽀를 하는 사진이었다.

해환은 그 사진을 가만히 바라보다가 고개를 들었다. 희선과 눈이 마주쳤다. 방금 전까지 동생 일로 고민이 많다던 희선이 이제는 표정이 완전히 달라져 싱글벙글하고 있었다.

"왕따당했던 일은 다 묻어두기로 한 거?"

"아니, 대판 싸웠어. 내가 울고불고 난리를 피웠어. 그랬더니 걔가 뭐라고 그랬는지 알아?"

"뭐라고 했는데?"

"사실 다 기억하고 있다고. 나한테 용서를 빌고 싶었는데 어떻게 해야 할지 몰라서 기억이 안 난다고 했다고, 정말 미안하다고 말했어. 몇 번이고 반복해서 미안하다고, 정말 미안했다고, 울면서 사과했어."

'……혹시 이걸 사과라고 하는 건가?'

희선의 모습에서 해환은 초등학생 시절 자신을 발견했다. 육 년 전 해환도 그랬다. 불안하면 말을 많이 했다. 자신을 상대도 하지 않으려 드는 희선을 잡고 끊임없이 떠들면서 눈치를 봤다. 지금 보니 희선은 그때의 해환과 닮은 것도 같았다. 어떻게든 희선과 친해지고 싶었던 해환과.

하지만 그때의 해환과 지금의 희선은 완전히 상황이 다르다.

해환은 처음 만난 희선에게 잘 보이려 한 것이었고, 희선은 자신이 잘못했던 상대를 찾아와 잘 보이려고 하고 있다.

희선이 다시 돼지국밥으로 숟가락을 갖다댔다.

"차기작은 뭐 쓸 거야?"

희선은 음식물이 입안에 있는데도 말했다.

"혹시 안 써지는 건 아니야?"

해환이 뭐라 대꾸할 틈도 주지 않고 희선의 수다는 연이었다.

"네가 무슨 고민이라도 있는 건 아닐까 그런 생각이 들더라. 어쩌면 소재가 떨어진 건 아닐까, 하는 생각도 들고. 그래서 와봤어. 잘 지내나 하고. 나 소재 많은데. 내 이야기 써볼래? 나랑 딱따구리 이야기 어때?"

그러면서 희선은 돼지국밥을 열심히 퍼먹었다.

희선이 돼지국밥을 싹싹 비울 때까지 해환은 돼지국밥에 숟가락도 댈 수 없었다.

여전히 책을 펼친 채 멍청히 있었었다.

'이건 습격이다. 적당히 사과를 하고 마음이 편해지려는 거다.'

해환은 희선의 일을 거의 잊고 있었다. 그런데 희선이 찾아왔다. 갑자기 자기 사정을 마구 쏟아냈다.

그렇게 생각하자니 해환은 더욱 희선에게 혐오감을 느꼈다. 조금이나마 성격이 나아진 것 같다고 느꼈던, 사람 좋아 보이는 얼굴도 비굴해 보였다.

점심시간도 끝나간다. 하지만 해환은 이 자리에서 일어날 수 없었다. 이 자리를 일어나면 어떤 식으로든 희선에게 무언가 말을 해야 한다는 사실을 알았기에.

그 순간.

"아, 속이 다 후련하다."

또 희선이 선수를 쳤다.

"고마워. 역시 넌 좋은 소설가인 것 같아. 이렇게 내 이야기를 잘 들어주고. 한 시간이나 지났네. 이제 다시 돌아가야겠네?"

희선은 싱글벙글 웃으며 자리에서 일어났다. 카운터로 가서 계산을 하며 소리쳤다.

"참, 사인해줘."

사인.

해환은 마침내 할말을 하나 떠올릴 수 있었다. 희선이 오기 전, 빠르게 사인을 해서 희선에게 건넸다.

덕분에 천재 됐다. 윤해환

희선이 아니었다면 이 소설을 쓸 일이 없었다. 말 그대로, 덕분에 성공할 수 있었다. 그러니 해환이 생각할 때 이건 최고의 복수였다.

해환은 사인에 대한 희선의 반응이 궁금했다. 나름 최선을 다한 복수였다.

하지만.

"어머 이건 또 뭐야."

희선은 사인을 보더니 막 웃었다.

"완전 고맙다, 야. 내 덕분에 천재라니. 자, 그럼 이만. 반가웠어. 다음에 또 올게. 언제든 내 이야기 듣고 싶음 말해. 다음엔 느긋하게 만나자."

그러더니 해환이 대답을 할 틈도 주지 않고 뒤돌아 가버렸다. 가벼운 걸음걸이로 걷다가 얼마 지나지 않아 핸드폰을 들었다. 그러더니 누군가와 웃으며 통화를 시작했다.

사인의 의미를 전혀 눈치채지 못하는 희선.

그 꼴을 보자니 해환은 찝찝하기 짝이 없었다. 뒷맛이 좋지 않았다. 안 좋은 기분을 잔뜩 담고 〈동주책방〉으로 돌아왔다.

"별일 없었어?"

동주 삼촌이 마카롱과 커피를 함께 먹고 있다가 해환을 보고 말했다.

"네, 뭐."

"표정은 전혀 아닌 것 같은데."

해환이 쓴웃음을 지었다. 뭔가 말하고 싶었지만 어떻게 설명해야 할지 몰랐다.

삼촌도 뭔가 느낀 모양이다. 주방으로 가서 해환 몫의 커피와 마카롱을 들고 다시 나타났다.

해환은 삼촌이 주는 커피와 마카롱을 같이 먹었다. 그런데 영 맛이 느껴지지 않았다. 다시 노트북을 켜고 글을 쓰려고 가만히 빈 화면을 바라보았지만 여전히 희선의 일이 신경 쓰였다.

"삼촌, 나 궁금한 게 있는데."

결국 해환은 삼촌에게 도움을 청했다. 점심시간에 있었던 이야기를 모두 털어놓았다.

"흡혈귀네."

"흡혈귀?"

"멘탈 뱀파이어."

삼촌은 느긋한 표정으로 이야기를 듣더니 자리에서 일어났다. "어디 보자. 이쯤에 있을 텐데" 하고 책장을 뒤지다가 한 권의 책을 가져와 건네며 말했다.

『기운 빼앗는 사람, 내 인생에서 빼버리세요』.

왠지 만나면 기가 빨리는 사람이 있다. 이상하게 축 처지고, 집중이 되지 않게 만드는 사람들.

안 좋은 이야기를 잔뜩 들었으니 상대는 피곤할 수밖에

없다. 게다가 그 이야기는 대부분 상대와 전혀 상관없는 이야기다.

"자기 할말만 마구 쏟아붓는 거야. 상대방 말은 들어줄 생각이 없지. 그렇게 말을 한참 쏟아놓고 자기는 후련하면 그만이라는 생각을 하는 인간인 거야. 사람의 기운을 일방적으로 빨아먹는 감정 흡혈귀."

소설 속 '희주'는 어디까지나 가공한 인물이었다.

연옥에서 살게 했지만, 그 소설을 쓰며 해환은 희선을 용서했다.

그런데 실제 희선이 그렇게 살고 있었을 줄이야.

희선은 아무것도 변하지 않았다. 해환에게 입냄새 난다는 말을 반복했던 시절과 마찬가지로 지독한 다언으로 주변 사람들을 괴롭히고 있었다.

해환은 상상했다. 지금 이 순간에도 누군가에게 전화를 걸고 있을 희선을. 끊임없이 말을 쏟아내 상대를 곤욕스럽게 만들고 있을 희선을.

삼촌은 말했다.

"너한테도 또 전화할 거야. 이런 타입은 무시가 정답이야. 앞으로 절대 만나주지 마."

하지만 해환은 생각이 달랐다.

"나 차기작 제목 정했어요, 삼촌."

"뭔데?"

복수하고 싶다.

"하늘과 바람과 벌과 복수."

저대로 둘 수 없다. 제대로 된 벌을 주고 싶다.

"뭐냐, 그게?"

"윤동주는 하늘과 바람과 별과 시. 〈동주책방〉은 하늘과 바람과 별과 과학이니까 나 윤해환은 하늘과 바람과 벌과 복수. 멋지지 않음?"

"하늘과 바람과 벌과 복수라."

삼촌은 낄낄거렸다.

"명작이 나오겠네."

맞다, 명작이 나올 거다.

이번 소설 역시 악역은 희선이가 될 테니까.

앞으로 몇 번 더 희선을 만나줘야겠다. 한참 떠들어대는 희선을 관찰하고 그대로 소설에 적을 거다.

그래서 또 천재라 불릴 거다.

사인하며 다시 한번 적어줄 거다.

죽는 날까지 하늘을 우러러 한 점 부끄럼이 없기를.

덕분에 또 천재됐다. 윤해환

물론, '또'는 특히 강조해서 크게 적을 거다. 그러고도 자신이 한 일을 깨닫지 못한다면, 다음 소설에 또 적을 거다.

그렇게 계속 적어 마침내 인정하게 만들리라.

결코 잊지 못하게 하는 것. 자신이 한 일에 진심으로 사죄하게 하는 것.

그것이 해환이 생각하기에 가장 완벽한 벌과 복수였기에.

리플

정해연

눈을 의심했다. 잘못 본 거라고 생각했지만 몇 번이고 다시 확인해도 글자들은 그대로였다. 목덜미가 뻣뻣하게 굳었고, 찡그린 미간에 뜨끈한 열이 느껴졌다. 알 수 없는 것이 가득찬 듯 가슴이 뻐근했다. 화가 들불같이 일었다. 아랫입술을 깨물며 반사적으로 시계를 확인했다. 새벽 세시. 아직 엄마가 봤을 시간은 아니었다.

재혁은 오늘도 새벽까지 공부할 생각이었다. 잠은 중요하지 않았다. 다음주면 기말고사였다. 내신이 중요한 만큼 절대 허투루 볼 수 없는 시험이었다.

재혁은 외국어고등학교를 목표로 하고 있다. 개나 소나 다 들어가는 학교에 들어가고 싶지 않았다. 그런 목표는 중학교에 들어오자마자 생겼다. 어릴 때는 그렇다 쳐도 중학생이나 된 녀석들이 야한 동영상이나 돌려보고, 연예인 기사를 훑으며 낄낄거리는 것이 한심했다. 지금이 얼마나 중요한 시기인지 모르는 건가. 재혁은 공부에 관심 없는 녀석들과 같은 반인 것이 불편했다.

외국어고등학교를 목표로 한 것은 사촌형 덕분이었다. 같은 반 녀석들에 대한 재혁의 불만을 들은 사촌형은 외국어고등학교에 들어오면 된다고 했다. 그곳은 성적 상위 오 퍼센트 안에 드는 학생들만 오니 완전히 분위기가 다르다고 했다. 더 이상 한심한 꼴을 보지 않아도 된다는 뜻이었다.

그때부터 재혁은 외국어고등학교에 들어갈 거라고 다짐했다. 결심을 세우기 위해 항상 그렇게 말하고 다녔다. 유치원 시절부터 친구였던 대주가 그러다 다른 애들에게 왕따를 당한다고 걱정했지만 재혁은 신경쓰지 않았다. 그런 놈들과 억지로 친구가 되느니 겉도는 게 나았다. 이제 3학년. 조금만 참으면 한심한 녀석들과는 안녕이다.

시험을 볼 때마다 재혁의 등수는 전교에서 세 손가락 안에 들었다. 1등을 한 것도 여러 번이었다. 기복이 심한 아이들과는 달리 재혁의 성적은 안정적이었다. 전과목 만점을 받은 적도 있다. 담임선생님도 부모님과의 면담에서 재혁의 외국어 고등학교 입학은 따놓은 당상이라고 했다. 하지만 안심할 수 없다. 외국어고등학교이니만큼 지원 학생들의 상당수가 만점자일 것이다. 그렇다면 당락은 면접에서 갈린다. 앞으로는 본격적으로 면접 준비를 할 예정이었다. 물론 이번 시험에서 만점을 받는 것이 먼저다. 그런 생각에 잠이 오지 않는 건 당연했다.

리플이 달린 것은 오 분 전이다. 틈틈이 만들어놓은 정리 노트를 처음부터 끝까지 살펴보고 있을 때 핸드폰의 알림 소리가 들렸다. 재혁의 인스타그램에 누군가 댓글을 단 것 같았다. 계정을 개설한 것은 이 년 전이었다. 호기심에 개설을 했고, 처음엔 이런저런 사진을 올리기도 했지만 금세 시들해졌다. 목적 없는 활동은 재혁의 관심을 끌지 못했다. 하루에도 수십 번씩 핸드폰을 들고 팔로워 수를 늘리기 위해 여기저기 댓글을 달고 좋아요를 누르는 것이 바보처럼 느껴지기도 했다. 품앗이도 아니고, 그렇게 해서 팔로워 수를 늘리는 게 뭐가 중요한 일인지 이해할 수 없었다. 점차 글을 게시하지 않았고 가끔 심심할 때 팔로잉중인 계정의 게시물을 보기만 했다. 댓글 알림은 그래서 굉장히 오랜만의 일이었다.

재혁은 기지개를 켜면서 노트에서 돌린 눈을 핸드폰 화면으로 옮겨갔다. 한창 집중할 때 울린 알림이니 평소 같으면 관심 없이 알림창을 지우고 말았을 테지만, 누가 댓글을 달았는지 궁금했다. 잠깐 쉬는 셈 치고 알림 내역을 클릭했다. 인스타그램 앱이 열리며 댓글이 달린 게시물로 이동했다.

댓글이 달린 사진은 재혁의 어린 시절 사진이었다. 두 살이던 재혁의 손을 잡고 엄마가 입맞춤을 하고 있었다. 오랜만에 앨범을 열었을 때 자신의 어린 시절 모습이 생소하면서도 웃겼던 기억이 있다. 별생각 없이 사진을 찍어 인스타그램에 올렸다. 세 개의 좋아요가 눌렸고, '똥싸개 시절이랑 똑같네'라고 대주가 댓글을 달았던 것이 이 년 전이었다. 그 이후 오랜만에 달린 댓글은 재혁의 눈을 의심케 하기에 충분했다.

[엄마랑 그 짓도 하겠네.]

댓글을 단 아이디는 doggie0424. 눈에 익은 아이디는 아니었다. 곧장 아이디를 클릭해 댓글 작성자의 인스타그램 페이지로 넘어갔다. doggie0424의 인스타그램은 비공개 계정이었다. 게시물은 0개, 팔로워는 0명이었고, 팔로잉 수는 1이었다. 그 한 명이 바로 재혁이었다. 악플을 남기기 위해 고의로 계정을 개설한 걸로 보였다. 가짜 계정을 만드는 수고를 들여 가면서까지 악플을 남긴 doggie0424의 악의가 여실히 드러났다. 재혁으로서는 게시자의 아이디와 프로필 사진만 빼고 알 수 있는 것이 없었다. 프로필 사진에는 노란색 병아리 봉제 인형이 있었는데, 본 적도 있는 것 같았지만 딱히 떠오르는 것은 없었다. 흔한 인형이면 단서 따위는 기대할 수 없었다. 인형의 날개에 이쑤시개가 꽂혀 있었다. 마치 칼을 쥐고 있는 것 같았다.

재혁은 사진에 달린 댓글을 캡처했다. 엄마가 볼지도 모르니 삭제할 생각이지만 혹시 모르는 상황에 대비해 캡처 정도는 해놔야 할 것 같았기 때문이다.

'어떤 개 같은 자식이야.'

댓글을 지우고 계정 자체를 비활성화하는 재혁의 미간이 좁혀졌다. 질 나쁜 장난이었다. 감히 그런 더러운 말을 적다니. 마음 같아서는 당장 찾아내 제대로 본때를 보여주고 싶었지만 한심한 자식의 한심한 행동이라고 치부하고 넘어가기로 했다. 일 년 전에도 재혁의 사물함 속 책들이 모조리 사라진 적이 있었다. 하필 바로 시험 전날이었다. 공부를 할 시간에 책을 찾아다녀야 했다. 책들은 시험이 끝난 뒤에야 손가락 한마디 높이만큼 먼지가 쌓인 체육관 창고 구석에서 발견되었다. 미리미리 공부를 해왔던 터라 다행히 성적에 큰 타격은 없었지만 불쾌한 기억이었다. 증거가 없어 말은 못했지만 분명 자신에게 대놓고 재수없는 새끼라며 손가락질하던 성채의 짓이리라고 생각한다. 성채는 말끝마다 '네가 뭐가 그렇게 잘났냐'고 했다. 공부 좀 하라고 충고해줬을 뿐인데. 자격지심이다.

재혁은 이번에도 그런 장난이라고 생각했다. 질이 낮다. 그런 말을 하면 안 된다고 대주가 매번 말리지만 말하지 않을 수가 없다. 이래서 개나 소나 다니는 학교에 다니고 싶지 않은 것이다. 수준 높은 아이들만 모여 있는 학교로 가고 싶다.

핸드폰을 침대 위에 던져놓고 책상에 자세를 바로잡고 앉았다. 정리 노트를 당겨 눈을 부릅떴다. 입술을 꾹 힘주어 다물었다. doggie0424가 누구인지는 몰라도 녀석이 원하는 대로 흔들리지 않을 거라고 생각했다.

하지만 마음처럼 쉽지 않았다. 눈은 노트에 고정되어 있었지만 자꾸만 차오르는 화가 가슴을 가득 채워 뻐근했다. 몇 번씩이고 반복해서 노트의 내용을 읽어보지만 아까 본 댓글이 자꾸 머릿속에 끼어들었다. 자신을 욕하는 것은 그렇다 치고 어떻게 엄마를 두고 그런 말을 할 수 있는지 이해할 수가 없었다.

결국 재혁은 들고 있던 볼펜을 거칠게 집어던져버렸다.

학교 정문에 도착하니 연신 하품이 나왔다. 눈두덩이 위가 뻐근하게 느껴졌다. 손바닥으로 꾹꾹 눌러보았지만 피로는 쉽게 사라지지 않았다. 밤새 뒤척인 탓이었다.

"이제 오냐?"

본관에 들어서려는데 어깨에 턱 하니 팔 하나가 걸쳐졌다. 고개를 돌려 보니 대주였다. 특유의 큰 입을 옆으로 한껏 벌려 웃고 있었다.

"어."

재혁은 간단하게 대답하며 계단에 올라섰다. 대주가 뒤따라왔다.

"아침부터 왜 그렇게 똥 씹은 얼굴이야? 뭔 일 있냐?"

"아니."

재혁이 무덤덤한 표정으로 고개를 저었다. 한심한 장난에 괜히 신경쓰고 싶지 않았다. 재혁이 별 반응을 보이지 않자 대주가 재혁을 지나쳐 먼저 교실 문 앞에 다다랐다.

"어이, 어이! 시끄럽다!"

교실 문을 한껏 열어젖힌 대주가 담임선생님 흉내를 내며 안으로 들어서자 삼삼오오 모여 있던 반 아이들이 대주를 향해 손을 들며 인사하거나, 으하하 웃었다. 대주의 뒤를 따라 들어가는 재혁에게 인사하는 아이는 없었다. 남자 녀석들과 어깨를 부딪쳐가며 요란스러운 인사를 하는 대주의 뒤를 지나쳐 자신의 자리로 갔다.

4반 유령.

재혁의 별명이었다. 아무도 관심을 주지 않기 때문이지만 재혁은 단 한 번도 아쉽다는 생각을 하지 않았다.

재혁은 가방을 열어 문제집을 꺼냈다. 이미 전부 풀어본 것이지만 이틀 동안 처음부터 끝까지 훑어보기로 목표를 세운 터였다. 그런 재혁의 앞자리에 대주가 털썩 앉았다. 다른 아이들과의 요란스러운 인사가 끝난 모양이었다.

"이거. 잘 봤다."

대주가 내민 것은 재혁의 국어 정리 노트였다.

"별말씀을."

무덤덤한 표정으로 노트를 집어 책가방에 넣었다. 그때였다.

"뭐야. 난 안 빌려주더니?"

재혁은 소리가 난 쪽으로 고개를 들었다. 명겸이 한쪽 입가만 끌어올리는 웃음을 지으며 재혁을 보고 있었다. 장난스러운 말투와는 달리 미간을 구기고 있었다.

"그땐 나도 봐야 해서."

재혁이 머뭇거리지 않고 대답했지만 사실은 그렇지 않았다. 명겸은 지난 중간고사에서 재혁을 제치고 전교 1등을 차지했다. 손가락 다섯 등수 밖의 명겸은 재혁의 관심사가 아니었다. 그랬던 명겸이 전과목 만점을 달성하고 재혁을 밀어낸 것이었다. 재혁이 실수로 수학 문제 하나를 놓치지 않았다면 공동 1등이 되더라도 밀려나지는 않았을 테지만 문제는 다른 데에 있었다. 시험 며칠 전 명겸이 재혁의 노트를 빌려간 것이었다. 그 노트가 아니었다면 명겸이 1등을 하는 일은 없었을 거라고 재혁은 생각하고 있었다.

"서운한데?"

"노트를 빌리는 게 당연한 권리라고 생각하는 쪽이 이상한 거 아냐?"

공기가 얼어붙었다. 생각보다 목소리가 크게 나왔다. 아차, 하고 생각한 것은 이미 교실에 침묵이 가라앉은 뒤였다. 자기

들끼리 떠드는 데 열을 올리던 녀석들까지 모두 이쪽을 바라보고 있었다. 실수했다, 고 생각했지만 입 밖으로 내지 않았다. 시선을 돌려 필요하지도 않은 책들을 가방에서 꺼냈다. 사과하면 진짜 잘못이 된다. 얼굴을 일그러뜨려가며 어색한 웃음을 지은 것은 명겸이었다.

"어…… 뭐 그렇지."

"야야, 빨리 칠판이나 닦아! 너 이번 주 주번 맞지, 24번!"

대주가 장난스럽게 목소리를 높이며 명겸의 어깨를 밀었다. 분위기를 바꾸려는 것이었다. 명겸이 쓴웃음을 지으며 뒤돌아서 칠판 쪽으로 향했다. 그러자 얼음이 깨지기라도 한 것처럼 교실에 소리가 돌아왔다. 다시 시작된 대화 소리, 웃음소리, 책상이 끌리는 소리들. 그 소리들은 재혁을 피해 여기저기로 흐르는 듯했다. 재혁은 불편한 마음으로 애써 명겸에게서 시선을 돌렸다. 그를 탓하듯 대주가 슬쩍 인상을 썼지만 재혁은 말없이 볼펜을 잡았다.

그러나 재혁은 문제집에 몰입할 수 없었다. 괜히 찝찝한 마음 때문에 그런 것이 아니었다. 머릿속을 스친 어떤 생각이 재혁을 놓아주지 않았기 때문이었다. 재혁은 믿을 수 없다는 듯한 눈으로 대주를 보았다.

"신명겸이…… 몇 번이라고?"

대주가 고개를 갸웃했다.

"응? 재 24번이잖아. 오늘 주번. 왜?"

재혁의 눈이 휘둥그레졌다. 대주가 왜 그러냐고 다시 물었지만 재혁은 대답할 수 없었다.

4반, 24번……

0424……

doggie0424.

○∿∿∿×

명겸은 재혁의 자리에서 대각선 앞쪽에 앉아 있었다. 재혁은 명겸의 뒷모습을 물끄러미 응시했다. 명겸은 선생님과 교과서 쪽을 번갈아 보며 수업에 완전히 집중하고 있었다. 반면 재혁은 자신이 좋아하고 중요하게 생각하는 영어 수업이었지만 하나도 집중할 수가 없었다.

'명겸일까?'

댓글을 처음 봤을 때 머리끝까지 어떻게 되어버릴 정도로 화가 났던 것은 사실이었다. 그러나 아침이 되고 학교에 오자

철없는 아이들의 장난이라는 데까지 생각이 이르렀다. 누구인지 알아내야겠다는 생각도 하지 않았다. 그런데 명겸의 번호가 악플을 단 아이디 속의 숫자와 같다는 것을 알자 생각이 바뀌었다.

명겸이라면 그럴 수도 있지 않을까. 지난번에 1등을 했으니 자신을 견제할 수도 있었다. 정리 노트를 빌려주지 않았으니 악감정을 갖고 있다고 생각하는 건 무리가 아니다. 물론 평소 명겸이 재혁에게 날을 세우는 모습을 보이지는 않았다. 그러는 건 오히려 재혁 쪽이었다. 하지만 겉으로 보이는 것이 전부일 수는 없다. 속으로는 다른 생각을 하고 있는지도 모른다.

"……혁. 김재혁!"

멍하니 생각에 잠겨 있는 재혁의 귓속으로 날카로운 음성이 비집고 들어왔다. 정신을 차리자 인상을 쓴 영어 선생님의 얼굴이 보였다.

"어디다 정신을 빼놓고 있는 거야? 눈 뜨고 졸아?"

와르르 웃음이 터졌다. 뒤돌아보며 웃고 있는 명겸과 눈이 마주쳤다. 얼굴에 열이 확 끼쳤다. 창피하다기보다는 자존심이 상했다.

그날 영어 수업은 완전히 망쳤다. 도저히 집중할 수가 없었다. 명겸의 웃음을 본 뒤부터 더했다. 그건 비웃음이었다. 재혁은 주먹을 움켜쥐며 명겸을 노려보았다. 명겸이 자리에서 일어나는 바람에 재혁은 얼른 시선을 내렸다. 명겸은 재혁이 보고 있다는 것을 눈치채지 못한 것 같았다. 그는 다른 아이들과 어깨동무를 하고는 교실 밖으로 나갔다.

"너 폰 안 냈냐? 미쳤네, 걸리면 어쩌려고?"

"무음으로 해놨는데 왜 걸려? 이거 S420 블랙 라벨이거든? 없어지면 담임이 책임질 것도 아니고."

"나도 S420이거든? 그래도 까라면 까야지, 인마."

명겸이 다른 아이들과 떠드는 소리에 재혁이 퍼뜩 고개를 들었다. 학교는 핸드폰 소지를 원칙적으로 금하고 있다. 아침 등교 때 반장이 핸드폰을 걷어 담임선생님에게 맡기면, 수업이 끝난 후 저녁에 돌려주고 있다. 가끔 핸드폰을 내지 않는 아이들이 있는 건 공공연한 비밀이다. 수업중에 핸드폰이 울리거나 하지만 않으면 큰 문제는 되지 않는다.

'핸드폰!'

재혁은 일어나 교실 밖으로 나갔다. 계단을 통해 교무실이 있는 일층으로 내려갔다. 쉬는 시간이지만 교무실 밖 복도에는 사람이 별로 없었다. 교무실 안쪽으로 고개만 밀어넣어 살폈다. 마침 담임선생님의 자리는 비어 있었다.

핸드폰은 아침마다 커다란 플라스틱 통에 넣어 담임선생님에게 전해진다. 다른 보관 장소가 없으므로 담임선생님의 책상 근처에 있을 공산이 컸다. 재혁은 명겸의 핸드폰을 뒤져 볼 생각이었다. 만약 명겸이 doggie0424라면 인스타그램 앱에 로그인되어 있을 가능성이 있다. 증거를 잡기만 하면 가만히 두지 않을 생각이다.

재혁은 doggie0424가 명겸이라고 완전히 확신하고 있었다. 그 이유는 명확했다. 재혁의 성적을 떨어뜨릴 속셈이다.

담임선생님의 책상으로 다가갔다. 슬쩍 시선을 내려 보니 책상 아래쪽 빈 공간에 투명한 보관함이 있었다. 명겸의 핸드폰을 찾을 수 있을까? 똑같이 생긴 핸드폰도 여러 대였다. 가끔 아이들의 핸드폰이 바뀌어 소란이 생긴 적도 있었다. 일단 뒤져보면 나오겠지. 재혁이 보관함을 향해 팔을 뻗었다.

"무슨 일이니?"

전기가 통한 듯 몸을 떨며 재혁이 고개를 돌렸다. 눈을 동그랗게 뜬 수학 선생님이 재혁을 보고 있었다. 작년, 재혁이 2학년일 때의 담임선생님이었다. 가슴까지 내려온 곱슬머리 아래로 불룩한 배가 보였다. 출산 휴가를 앞두고 있어 3학년을 맡지 못했다고 아쉬워하던 모습이 떠올랐다. 성적도 좋고 문제를 일으키지 않는 재혁을 유난히 예뻐하던 선생님이었다.

"아, 안녕하세요, 선생님. 저희 담임선생님께서 수업 자료 좀 챙겨가라고 하셔서."

재혁은 불안한 듯 주변을 두리번거리며 말했다. 담임선생님이 나타나면 거짓말이 금방 탄로 난다. 다행히 수학 선생님은 재혁을 길게 잡아둘 생각이 없는 듯했다.

"그래? 공부 잘하고 있지?"

"네."

"대견하네. 잘 찾아서 가."

수학 선생님이 어깨를 두드려주며 가는 동안 재혁은 억지로 표정 관리를 하느라 애를 먹었다. 수학 선생님이 시야에서 사라지자 재혁은 재빨리 몸을 낮춰 앉아 핸드폰을 살폈다. 요란한 핸드폰 케이스가 씌워진 것은 평소의 스타일로 봐서 명겸의 취향이 아닐 것 같았다. 핸드폰 위를 훑는 재혁의 손이 한군데에서 멈췄다. 검은색 핸드폰은 흠집 하나 없이 유난히 반짝거렸다.

'나도 S420이거든? 그래도 까라면 까야지, 인마.'

명겸이 했던 말이 재혁의 귓가에 떠올랐다. 이거다! 검은색 핸드폰을 움켜잡는 것과 동시에 시치미를 떼며 일어났다. 담임선생님이 돌아오지 않은 것이 다행이었다. 빨리 벗어나야 한다는 생각에 재혁은 급히 몸을 돌렸다. 그 순간 바로 뒤에서 있던 누군가와 몸이 부딪히고 말았다.

재혁이 놀란 얼굴을 들었다. 그런 그를 대주가 어이없다는 듯 쳐다보고 있었다.

대주는 다음 수업이 체육시간인데도 옷을 갈아입지 않고 나가는 재혁이 이상해 따라 나온 길이라고 했다. 그런 대주가 마주한 것이 핸드폰을 훔치는 광경이었으니 어이없어하는 것은 당연했다. 마침 담임선생님이 오지 않았다면 대주는 그 자리에서 재혁에게 거기서 뭐 하냐며 소리를 질렀을지도 모르는 일이었다. 담임선생님의 등장에 재혁은 얼른 명겸의 핸드폰을 꺼내 등 뒤로 떨궜다. 뒤늦게 발견한 담임선생님은 그저 자신의 실수로 보관함을 밀어넣다가 떨어뜨린 거라고 생각할 것이다. 재혁이 훔치려다 실패한 거라는 의심은 절대 하지 않을 것이다. 성적 상위권의 모범생이라는 이미지는 여러모로 쓸모 있다.

"대체 무슨 일이야?"

학교 뒤쪽 공터에 들어서자마자 대주가 홱 돌아섰다. 수업이 끝나자마자 대주가 끌고 온 길이었다. 뒤따라온 재혁은 목을 움츠렸다. 눈을 깜박이며 잠깐 고민했지만 결국 말하기로 했다.

"신명겸 핸드폰을 확인해보려고 했어. 인스타 계정이 어떤 아이디로 로그인되어 있는지 확인하려고."

무슨 소리인지 전혀 알아들을 수가 없다는 듯 미간을 찌푸리는 대주에게 재혁은 자신의 인스타에 달린 댓글에 대해 이야기하기 시작했다. 악플을 단 아이디의 숫자와 학급 번호가 같다는 점을 근거로 명겸을 주시한 것은 합리적 의심이었다. 명겸에게는 그럴 만한 이유도 있었다. 필요한 것은 증거였다.

"명겸이가 그럴 리가……"

재혁은 주머니에서 핸드폰을 꺼내 캡처해둔 사진을 불러냈다. 댓글을 확인한 대주의 얼굴이 구겨졌다. 재혁은 말없이 다음 사진을 보여주었다. 악플러의 SNS 화면을 캡처한 것이다. 아이디를 가리켰지만 대주는 고개를 갸웃했다. 재혁의 손에서 핸드폰을 뺏더니 캡처한 화면을 손가락으로 늘여 확대시켰다. 화면에 거의 코를 박을 듯 대주가 사진을 자세히 들여다보았다.

"이거……"

대주가 고개를 갸웃했다. 재혁이 들여다보니 대주가 확대한 것은 병아리 봉제 인형을 찍어 올려둔 프로필 사진이었다. 이것에 왜 관심을 갖는지 재혁은 얼른 이해하지 못했다. 대주가 말했다.

"기억 안 나? 이거 유치원 때 합동 생일 파티 해주면서 나눠준 인형이잖아."

대주의 말에 재혁은 다시 사진으로 시선을 돌렸다. 좀더 유심히 보면서 머릿속 깊은 곳의 기억들을 뒤적였다. 그러고 보니 눈에 익었다.

재혁이 다녔던 유치원에서는 매달 한 번씩 생일 파티를 열었다. 같은 달에 생일이 있는 아이들을 모아 합동 파티를 해주었던 것이다. 생일을 맞은 아이들에게는 유치원에서 준비한 병아리 인형이 주어졌다. 유치원 마크에 사용하고 있는 병아리 모양과 같은 것이었다. 유치원에서 별도로 제작한 것이리라.

"그럼 우리 유치원을 나온 애라고?"

그렇다면 신명겸일 수는 없다. 신명겸은 초등학교 6학년 때 이 동네로 전학을 왔다고 들었다. 물론 신명겸과 같은 유치원을 다닌 기억도 없다.

재혁은 벽에 비스듬히 기대며 장난스럽게 눈을 흘겼다.

"설마 너는 아니지?"

"미친놈. 나는 열병 나서 생일 파티에 참석도 못했어. 흰색 병아리를 누가 받았나 확인해보면 좋은데."

"응?"

"몰라? 병아리가 입고 있는 조끼 말이야. 달마다 옷 색깔이 다르잖아. 그러고 보니 그러네. 생일 파티 하면서 사진도 찍어줬잖아."

재혁은 다시 사진을 들여다보았다. 사진 속의 병아리는 흰색 조끼를 입고 있었다. 대주의 말대로 나눠 받는 병아리의 옷 색깔이 매번 달랐던 기억이 재혁에게도 있었다. 자신은 어떤 걸 받았는지 기억나지 않았다.

그날 저녁, 학원이 끝나자마자 집으로 돌아온 재혁은 거실 책장 하단의 수납장에 들어 있던 두꺼운 앨범을 꺼냈다. 오랜만에 꺼내서 그런지 앨범을 한 장 한 장 넘길 때마다 접착력이 떨어진 비닐 안쪽에서 사진이 흘러내렸다. 사진을 꾹꾹 눌러 다시 고정시키면서 앨범을 넘기던 재혁은 드디어 유치원 때의 사진을 찾아냈다.

합동 생일 파티 때 유치원에서는 생일인 아이들을 세워두고 사진을 찍어주었다. 한복을 입은 아이들의 머리 위에 얹힌 종이 왕관이 어이없을 만큼 조잡했다.

재혁은 4월이 생일이었다. 그때에 같이 생일 파티를 한 아이는 한 명뿐인 모양이었다. 사탕을 엮어 만든 목걸이를 똑같이 목에 건 남자아이 둘이 손을 잡고 카메라를 보고 있었다. 재혁은 어린 시절 자신의 얼굴을 보면서 피식 웃었다. 뭔가 마음에 들지 않는지 일그러뜨린 입술을 내밀고 있었다. 고작 유치원생일 뿐이었지만 남자아이들끼리 억지로 손을 잡게 한 것이 마음에 들지 않았는지도 모른다. 앨범을 넘기려던 재혁의 손이 멈칫했다.

사진 속 남자아이가 손에 병아리 인형을 쥐고 있었다. 인형이 입은 조끼는 흰색이었다.

물론 이름은 있었지만 그 아이는 모두에게 '모지리'라고 불렸다. 이름이 '모진'이어서기도 했지만 그 별명은 그 아이에게 아주 잘 어울렸다. 어눌한 말투, 느릿한 몸동작, 지저분한 머리, 멍한 눈빛, 남의 옷을 얻어 입었음이 분명한 사이즈가 큰 옷. 아무렇지도 않게 코를 닦던 점퍼 소매는 늘 번들거렸다.

아이들은 모지리를 싫어했지만 놀리는 걸 좋아했다. 모지리에게 일부러 부딪치고는 비명을 지르며 부리나케 옷을 털어대는 여자아이들도 있었다. 남자아이들은 모지리에게 심부름을 시키기도 했다. 모지리는 늘 웃었다. 그래서 모지리라는 별명을 떨쳐내지 못했던 건지도 모른다.

지금 생각하면 모지리는 지적장애가 있었던 게 아닐까. 그러나 그때는 그런 개념이 없었다.

재혁도 다른 아이들과 다르지 않았다. 때리지는 않았지만 다른 아이들만큼 장난질은 했다. 사진 속 표정을 보니 그때의 일이 생각났다.

'싫어! 더럽단 말이야! 모지리 옮는다고!'

유치원생이었던 재혁은 선생님이 모지리와 손을 잡고 사진을 찍으라고 한 순간 그렇게 외쳤다. 아이들이 까르르 웃어대던 것이 생각난다. 당황한 모지리가 눈을 껌벅이며 눈동자를 굴리던 게 떠올랐다. 재혁은 선생님께 혼났다. 그러고 나서 억지로 찍은 것이 이 사진이었다.

재혁은 핸드폰을 집어 들었다. 바로 인스타그램 앱을 켜서 이름을 검색했다. 성모진. 수많은 이름이 검색되었지만, 이름이 비슷한 '강성모'라는 이름의 계정과 '성모병원' '성모진료대기' 같은 태그가 걸린 게시물들이 대부분이었다. 성모진이라는 이름을 쓰는 계정은 단 하나뿐이었다. 단순히 이름만이 똑같았다면 재혁은 그 계정의 주인이 누군지 확인하는 데 더욱 시간을 들였을 것이었다.

하지만 성모진이라는 계정 주인의 프로필 사진은 재혁에게 그럴 필요가 없다고 말하고 있었다. 재혁은 즉각 핸드폰을 쥐고 자리에서 벌떡 일어섰다.

흰색 조끼를 입은 병아리 인형. doggie0424의 것과 똑같은 프로필 사진이었다.

"모진이가?"

대주가 휘둥그렇게 뜬 눈으로 재혁을 보았다. 재혁은 모지리와 찍힌 생일 파티 사진을 들고 학원에 간 길이었다. 대주에게 보여주기 위한 것이었다. 재혁의 말에 일리가 있음을 알면서도 대주는 믿지 못하는 눈길로 사진을 들여다보았다. 재혁은 쑤셔넣듯 사진을 가방에 집어넣었다.

"나도 황당하다. 나만 그랬냐? 다들 놀렸잖아. 그리고 그때 우린 어렸어. 어린애가 뭘 알겠냐."

"정말로 모진일까?"

"그 인형 가진 건 나랑 모지리랑 둘밖에 없어. 나 아니면 그 자식인 거야."

"음……"

대주가 고개를 갸웃거렸다.

"네 말대로 다들 놀렸는데 왜 너만…… 내 기억에는 그때 모진이를 때린 애들도 있었던 거 같은데."

그랬다. 어린아이들은 순수하기만 하지는 않다. 어쩌면 순수하기에 그런 일이 벌어진 건지도 모른다. 싫은 애는 순수하게 싫으니까. 게다가 모지리는 어떤 취급을 당해도 싫은 티를 한 번도 내지 않았다.

그런데 왜 자신인지 이해가 되지 않았다. 모두들 그렇게 대했는데. 심지어 심한 걸로 순위를 매기자면 자신은 중간에도 들지 못할 거라고 생각한다. 이제 와서 악플 같은 걸로 복수를 하겠다는 어이없는 생각이라면 다른 사람들에게도 그렇게 했어야 한다. 하지만 doggie0424가 팔로잉한 것은 재혁밖에는 없었다.

그렇게 생각하자 가슴속에서 부아가 치밀었다. 모지리에게 우습게 보인 건가. 다른 아이들에게는 함부로 대하지 못하지만 자신에게는 복수를 할 수 있다고 생각한 것이다.

"이 새끼 어디 사는지 알아?"

재혁의 물음에 대주가 고개를 갸웃했다.

"그거야 난 모르지. 아! 걔 평은중학교 갔다는 얘긴 얼핏 들었어."

"평은중학교……"

재혁은 그날 학원이 끝나자마자 평은중학교에 다니는 초등학교 동창 미란에게 톡을 보냈다.

미란도 모지리를 알고 있었다. 꽤 유명 인사 같았다. 모지리의 입학을 두고 학부모들의 항의가 심했던 모양이었다. 공부에 집중해야 할 아이들에게 장애가 있는 모지리가 폐를 끼칠 것이 불 보듯 뻔하다는 얘기였다. 장애가 있는 모지리의 존재 자체가 다른 아이들에게는 장애였다. 모지리는 리젠트빌에 살고 있다고 했다.

리젠트빌은 은파시에 위치해 있었지만, 동네로 들어서는 동안 상당히 생경한 느낌을 주었다. 다른 곳과는 달리 건물도 거의 없었다. 아무렇게나 방치된 벌판에 잡초가 수북이 나 있었다. 조금 더 걸으니 시멘트가 그대로 드러나 있는 건물이 보였다. '진입 금지'라고 적힌 노란색 띠가 둘러져 있었지만 별로 제 역할을 할 것 같지는 않았다. 유리창도 하나 없는, 짓다 만 건물인 것 같았다. 이 빠진 해골처럼 여기저기 뚫려 있는 곳에서 어둠이 기어나왔다. 왠지 스산한 기분이 들어 재혁은 걸음을 빨리했다. 대주가 같이 오지 않았다면 혼자서는 무서웠을 것이었다.

"여기가 맞아?"

뒤따라오던 대주가 불만이 가득한 어조로 말했다. 버스에서 내린 뒤 여기까지 걸어오는 동안 오르막길이 계속되고 있어서 힘이 든 모양이었다. 재혁도 숨이 찼다.

"맞아. 내가 미리 검색해봤는데 재개발되다가 회사가 부도났다더라."

"어휴, 이런 데서 어떻게 살아. 귀신 나오겠다."

대주가 몸을 부르르 떨었다. 재혁은 말없이 다시 걷기 시작했다. 주머니에서 핸드폰이 진동했다. 전화를 꺼내 보니 화면에 '엄마'라고 써 있었다. 다시 주머니에 핸드폰을 넣었다. 몇 번 진동이 울리다가 꺼졌다. 학원에서 엄마에게 전화를 건 것인지도 몰랐다. 한 클래스당 네 명만 집중 지도하는 학원인지라 학생 관리가 엄격했다. 출석하지 않으면 바로 확인이 되니 곧장 부모에게 연락하는 것도 무리는 아니다. 집에 가면 왜 학원에 가지 않았느냐며 추궁받을 것이다.

'이게 다 모지리 때문이다.'

생각이 거기까지 미치자 더 화가 나기 시작했다. 자신이 이 시간에 여기에 와야 하는 것도, 시험을 앞둔 중요한 시기에 학원에 가지 못하는 것도 다 모지리 때문이었다.

'누가 단 댓글인지 알아내서 뭐 하려고? 네가 모진이 찾아내서 복수할 것도 아니고. 그냥 잊어.'

대주는 그렇게 말했지만 재혁은 못할 것도 없다는 생각이 들었다. 모지리 주제에 감히 그런 짓을 해? 가만히 둘 수 없다고 생각했다.

리젠트빌이 눈에 들어왔다. 옆으로 웬 절벽이 보인다고 생각했는데 커다란 구멍이었다. 공사를 진행하다 중단한 모양이었다. 여기저기에 '공사를 재개하라' '시장은 주민들을 버릴 셈인가'라고 적힌 붉은 현수막들이 붙어 있었다.

리젠트빌 입구에서 대주와 재혁은 한 시간을 서성거렸다. 그동안 지나가는 사람은 단 한 명도 보이지 않았다. 리젠트빌 안에서도 일부는 이주를 한 것 같았다. 재혁은 혹시 모지리를 만나지 못하는 건 아닐까 하는 생각이 들었지만, 그만 가자고 말할 수가 없었다. 이쯤에서 포기하라고 대주가 몇 번이나 말했기 때문이었다. 포기라는 말이 더 고집을 부리게 했다. 지는 건 싫었다.

찬바람이 불었다. 어느새 하늘이 어둑해지고 있었다. 어두워지자 동네는 더욱 살풍경해졌다. 옆에서 대주의 한숨 소리가 들렸다. 그만둬야 하는 건가. 짜증이 몰려들 때였다. 엇박자에 가까운 발걸음 소리가 들려 고개를 들었을 때 모지리가 보였다.

분명 모지리였다. 유치원을 졸업한 지 구 년 가까이 되었지만 확실히 알아볼 수 있었다. 비뚜름한 고개, 대칭이 맞지 않는 얼굴, 비쭉 튀어나온 입술. 한 시간을 넘게 기다린 모지리가 나타나자 왠지 화가 더 치밀었다.

"야!"

재혁이 소리치자 모지리가 흠칫 걸음을 멈추었다. 어깨를 움츠리는 것을 재혁은 분명 보았다. 재혁을 발견하자 눈동자가 떨리는 것이 어스레한 속에서도 여실히 보였다. 한달음에 모지리의 앞까지 다가갔다.

"너 나 누군지 알지?"

휘둥그레진 눈으로 고개를 든 모지리는 재혁을 발견하자 불안하게 눈동자를 굴리며 머리를 흔들었다. 그것은 파묻힌 기억 속에서 뭔가를 끄집어내려는 것이라기보다 모르는 척하기 위한 의식적인 행동으로 보였다. 그런 반응은 재혁에게 증거나 다름없었다.

모지리는 한눈에 자신이 누구인지를 알아본 것이 분명했다. 유치원을 졸업한 지가 구 년이다. 어린아이가 구 년 동안 겪는 성장은 대단하다. 그런데도 한눈에 알아본다는 것은 그동안 주시하고 있었다는 방증이라고 생각했다. 재혁은 주머니에서 핸드폰을 꺼내 앨범을 열었다. 재혁에게 악플을 달았던 인스타그램 계정의 캡처 화면이었다.

"이거 너지?"

모지리의 눈이 핸드폰 화면 쪽으로 기울어졌다. 모지리는 빠르게 눈을 깜빡이면서 보일 듯 말 듯 고개를 가로저었다.

"나, 난……"

"말해봐, 너잖아!"

재혁이 모지리의 멱살을 움켜쥐었다. 모지리의 얼굴이 단번에 질렸다. 눈을 깜박이는 속도가 심해졌다. 고개를 저으며 몸을 뒤틀었다. 재혁의 손을 떨쳐내고 싶은 모양이었다. 그러면 그럴수록 재혁은 더욱 모지리를 잡은 손에 힘을 주었다. 그때였다.

"놔…… 놔!"

순식간에 모지리가 재혁의 손을 밀쳐냈다. 갑작스러운 힘에 재혁은 중심을 잃으며 휘청였다. 동시에 모지리가 뒷걸음질을 쳤다. 허리를 굽힌 채로 재혁이 고개를 들어 모지리를 노려보았다. 모지리는 마구 고개를 저었다. 그러고는 돌연 몸을 획 돌려 뛰어가기 시작했다. 집안으로 도망가려는 것 같았다.

그런 행동은 범인이 자신이라고 고백하는 것이나 다름없었다.

"개자식! 너 이리 와!"

사실 재혁은 이런 상황까지 생각했던 것은 아니었다. 본때를 보여주겠다는 생각은 했지만, 그것이 무력을 행사하겠다는 것은 아니었다. 그런데 모지리의 행동을 보자 눈이 뒤집혔다. 약한 모습을 보니, 강하게 나가게 됐다. 도망을 가니 매서운 얼굴로 쫓아가게 된다. 그것이 모지리가 유치원 때 괴롭힘을 당한 이유일지도 모른다. 어떤 짓을 해도 반항하지 못하는 녀석은, 그런 짓을 당해도 좋은 놈이라는 인상을 준다. 그런 짓을 해도 좋다고 본능적으로 받아들이게 한다.

"잠깐, 재혁아! 진정해!"

모지리를 향해 달려가는 재혁의 어깨를 대주가 잡아챘다.

그러나 완전히 흥분해 있던 재혁은 몸을 획 돌리며 대주의 팔을 간단히 쳐냈다. 다시 고개를 돌리고 보니 모지리가 좀더 멀리 달아나 있었다. 그것은 가속도가 붙은 내리막길의 차가 과속방지턱을 넘는 순간과도 같았다. 과속방지턱에 덜컹 부딪히며 넘어간 차는 오히려 가속이 붙으며 더욱 빨라진다. 화가 증폭했다. 재혁은 오로지 모지리를 잡아야 한다는 생각에 매몰됐다.

"너 거기 안 서!"

"이, 이거 놔……!"

모지리가 몸을 뒤틀었다. 그러는 바람에 모지리의 흔들거리던 팔이 재혁의 뺨을 스쳤다. 뜨거운 덩어리가 가슴을 치받았다.

"이게 감히!"

재혁의 주먹이 모지리의 턱에 그대로 꽂혔다. 방어할 새도 없이 순식간에 당한 모지리의 몸이 뒤로 획 넘어갔다. 재혁은 매서운 눈을 뜨며 씨근거렸다. 다음으로는 모지리의 몸이 땅바닥을 굴러야 할 차례였다. 그러면 강제로 일으켜 자백을 받을 생각이었다. 사과는 받아주지 않을 것이었다.

그러나 한순간에 재혁의 모든 예상이 빗나갔다. 뒤로 넘어간 모지리의 몸을 빨아들인 것은 공사 현장이 남긴 거대한 구덩이였다. 모지리의 비명과 함께 한 인간의 생명이 단단한 바닥에 부딪히는 소리가 들려왔다.

재혁은 굳은 듯 그 자리에 선 채로 모지리를 빨아들인 어둠을 멍하니 응시했다.

정말, 이러려고 했던 것은 아니었다.

o〰〰〰x

불행하게도 모지리가 떨어진 곳은 제대로 공사가 되지 않은 시멘트 바닥이었다. 차라리 단단하기만 하고 평평했다면 상황은 나았을지도 모른다. 시멘트를 바른 뒤 뭐가 잘못되었는지 움푹 들어간 곳이 있었는데 모지리는 하필 그 모서리에 머리를 박았다. 구급차가 도착했을 때 모지리의 출혈은 상당했다.

의사의 말에 따르면 뇌를 다친 모지리는 앞으로 정상적인 생활이 불가능할 수도 있다고 했다. 아마 하반신을 움직이지 못할 거라고 했다. 이름처럼 모진 인생이 모지리의 눈앞에 있었다.

"우리 애가 무슨 죄를 지었다고…… 내 아들 돌려놔! 돌려놓으라고!"

사고 소식을 듣고 달려온 모지리의 엄마는 수술실에서 나온 의사가 침통한 표정으로 현재 상태를 알리자 돌연 무서운 얼굴로 재혁에게 달려들었다. 재혁은 그녀의 손길대로 몸이 흔들렸다. 재혁은 아직도 머리가 멍했다. 왜 일이 이렇게까지 되었는지 알 수 없었다. 혼란스러웠다. 재혁은 한참 만에야 더듬더듬 입을 열었다.

"악플을…… 모진이가 악플을…… 그래서."

"뭐?"

인상을 쓴 모지리의 엄마가 믿을 수 없다는 듯 재혁을 보았다. 그 눈에서 힘을 잃은 듯한 눈물이 주르륵 흘러내렸다.

"말도 안 되는 소리 하지 마. 우리 모진이가 그런 짓을 왜 해."

"아니에요. 정말……"

재혁은 다급하게 주머니를 뒤져 핸드폰을 열었다. 모지리에게 들이밀었던 사진을 그녀에게도 똑같이 보였다. 하지만 모지리의 엄마는 점점 더 이해할 수 없다는 표정을 지었다.

"이걸 왜 우리 모진이가 썼다고 하는 거야?"

믿고 싶지 않을 수도 있다고, 재혁은 생각했다. 자신의 아들은 그럴 리가 없다고 생각하고 싶겠지. 하지만 자식은 부모가 보지 않는 곳에서도 자라고 있다. 모지리의 엄마도 그런 거라고 생각했지만, 그녀의 입에서 나온 소리는 재혁을 혼란에 빠뜨리기에 충분했다.

"우리 애는 스마트폰도 다룰 줄 모른다고!"

믿을 수 없어하는 재혁에게 모지리의 엄마가 격앙된 어조로 말했다. 열여섯 살의 모지리는 여섯 살의 지능을 갖고 있다. 게다가 자폐증도 갖고 있었다. 새로운 것은 아무것도 받아들이려 하지 않았다. 자신만의 세상에 갇혀 지내고 싶어했다. 그런 사실을 인정할 수 없어서 모지리의 엄마는 최대한 보통의 학교에 보내려고 했던 것이다. 하지만 인정해야 했다. 모지리는 보통의 아이가 아니었다. 하루 종일 거의 입도 열지 않고 책도 읽지 않았다. 멍하니 한 지점을 응시하는 것이 일이었다. 다른 아이들처럼 게임에 빠지거나 스마트폰에 심취하지도 않았다.

재혁은 믿을 수 없다는 듯 고개를 저었다.

"그렇지만…… 저를 보고 도망갔는데……"

재혁의 말끝이 자신 없이 사그라졌다.

"학교 다니는 내내 애들한테 괴롭힘을 당했어. 매일같이 물건이 없어지고, 맞고……"

모지리의 엄마가 눈을 희번덕 떴다. 그 눈에는 혐오가 가득했다.

"너 같은 애들이지. 힘없다고 무조건 때리고."

"전……"

"모진이는 무서웠을 거야. 그래서 도망간 거라고! 저 불쌍한 애를 네가…… 네가!"

모지리의 엄마는 경기를 일으키듯 몸을 부르르 떨어가며 오열했다. 재혁의 멱살을 잡은 손이 주르르 미끄러졌다. 모지리의 엄마는 그대로 주저앉았다. 바닥을 짚어가며 울부짖는 모지리의 엄마를 내려다보며 재혁은 어쩔 줄 몰랐다.

그때 뒤에서 달려오는 발걸음 소리가 들렸다. 뒤를 돌아다본 순간 재혁의 눈이 파르르 떨렸다. 엄마였다. 순간적으로 시선을 피했다.

휘둥그레진 눈으로 엄마가 재혁의 앞에 와서 걸음을 멈췄다. 아마 경찰로부터 대략적인 상황은 들었을 것이었다. 크게 뜬 눈은 재혁을 향해 '아니지?' 하고 묻고 있었다. 하지만 차례차례 그녀의 눈에 뛰어든 것은 시선을 피하는 재혁과, 바닥에서 오열하는 모지리의 엄마와, 수술실에서 실려 나오고 있는 모지리였다.

짝!

찢어지는 소리와 함께 재혁의 고개가 반대쪽으로 틀어졌다. 뺨이 달아올랐다. 재혁은 자신의 뺨을 만지며 엄마를 보았다. 태어나서 처음 맞아본 자식과 태어나서 처음 때려본 엄마의 시선의 불쾌한 조우였다. 엄마는 당장에라도 쓰러질 것 같은 얼굴로 재혁을 노려보았다.

엄마는 믿고 싶지 않을 것이었다. 자신이 아는 한, 한 번도 재혁을 그렇게 키운 적이 없으니까. 하지만 자식은 부모가 보지 않는 곳에서도 자라고 있다. 믿고 싶지 않겠지만.

학폭위가 열렸다. 가해자인 재혁과 피해자인 모지리의 학교가 다르기 때문에 피해자 쪽인 평은중학교에서 학폭위를 개최했다. 양 학교 간에 협의하여 구성한 공동 자치위에서 심의를 맡았다. 재혁은 참석하지 않고 학교에서 결과를 기다려야 했다. 공동 자치위에서 결정난 사안을 학교 측에 서면으로 통보하기 때문이다.

모지리가 수술을 받은 다음날, 기말고사가 시작되었다. 당연한 일이지만, 재혁은 하나도 집중할 수가 없었다. 모지리는 아직 깨어나지 못하고 있었다. 학교에 소문이 퍼졌다. 그 소문이 돌고 돌아 다시 재혁의 귀에 들어왔을 때, 그는 어느새 살인자가 되어 있었다. 그런 것까지는 참을 수 있었다. 하지만 들어오는 선생님마다 재혁을 흘끗거리는 시선은 견디기가 힘들었다. 한 번도 받아본 적 없던 혐오였다.

시험지를 움켜쥐었지만 글자가 눈앞에서 휘돌았다. 눈에 힘을 주고 읽으려 했지만 글자를 인식해도 머리에서 이해가 되지 않는 기분이었다. 이명이 들렸고, 속이 울렁거렸다. 숨이 차올랐고 가슴이 뻐근했다. 결국 시험 종료 오 분 전이라는 선생님의 말을 듣고 아무데나 마킹을 해버렸다.

"김재혁. 교무실로 내려와라."

부름을 받은 것은 시험이 끝난 이틀 후였다. 엄마는 교무실에 이미 도착해 있었다.

"징계 결과……"

가장 상석에 앉은 교감 선생님이 어두운 표정으로 말하는 순간, 재혁은 엄마가 주먹을 움켜쥐는 것을 보았다.

"피해 학생에 대한 서면 사과, 피해 학생에 대한 접촉이나 협박 및 보복 행위의 금지, 삼 개월간의 출석 정지와 사회봉사

팔십 시간의 명령을 받았습니다."

고개를 숙이는 재혁의 엄마를 향해 교감 선생님이 덧붙였다.

"피해 학생 쪽의 용서도 받지 못했고, 사건의 중대함에 비춰봐도 그렇고…… 솔직히 학교에서는 퇴학 처분을 받아도 할 말이 없다고 생각합니다. 하지만 규정상 퇴학 처분은 고등학교에만 국한된 것이라 이 정도만 받은 거예요."

그러니까 다행이라고 생각하라. 교감 선생님은 그렇게 말하고 싶은 것이었다. 엄마는 몇 번이나 고개를 숙여 사죄를 한 뒤에야 교무실에서 벗어날 수 있었다.

모지리의 엄마는 재혁을 경찰에 고발했다. 일단 어린 나이를 감안해 구속은 면했다. 수사는 앞으로 진행될 것이었다.

"가방 챙겨 나와."

엄마가 나직하게 말했다. 시선은 마주치지 않은 상태였다. 그날 이후 계속 이랬다. 사건 때문에 받은 충격과 거대한 배신감 때문에 엄마는 재혁을 마주하는 것이 쉽지 않은 듯 보였다. 재혁은 고개를 숙인 채 교실로 향했다.

계단을 통해 삼층으로 올라가자 복도에 많은 아이들이 몰려 있었다. 아이들이 떠드는 소리를 들으니 성적표가 붙은 모양이었다. 재혁에게 관심 갖는 아이는 없었다. 차라리 잘됐다고 생각하며 교실로 들어가 가방을 챙겨 나왔다. 아이들을 피해 가방을 메고 복도를 걸을 때 수업 시작종이 울렸다. 조금 전까지 복도에 우르르 몰려 나와 있었던 아이들이 거짓말처럼 순식간에 교실로 사라졌다. 수업 준비를 하는 아이들로 가득 찬 교실과 자신이 벽을 사이에 두고 완벽히 분리되었다. 한 번도 상상해본 적 없던 장면이었다.

재혁은 벽에 게시되어 있는 성적표 쪽으로 다가갔다. 이번 1등은 명겸이었다. 자신의 이름을 찾아 50등까지 읽어 내려가다 재혁은 그냥 몸을 돌렸다.

마지막 성적이 좋았다고 해도 재혁은 외국어고등학교에 갈 수 없었다. 학폭위 징계가 생활기록부에 남기 때문이었다. 면담 때 마지막 희망이라도 잡고 싶은 듯 외고는 지원할 수 없냐고 물었지만 담임선생님은 어이없다는 듯한 웃음으로 대답을 대신했다.

모지리 엄마와의 합의에 재혁이 살고 있던 아파트가 날아갔다. 지금 재혁이 살고 있는 곳은 모지리가 살던 리젠트빌과 별다를 게 없는 연립이었다.

○∿∿∿∿×

"빨리 와, 인마."

자신을 향해 날아온 말에 재혁이 고개를 들었다. 대주가 뭐 하고 있냐는 듯한 얼굴로 웃고 있었다. 해가 바뀌었다. 오늘은 고등학교 입학 전 임시 소집일이었다. 재혁이 입학한 곳은 내평고등학교였다. 한 번도 자신이 들어올 거라고 상상해 본 적 없는 곳이었다. 재혁은 내평고등학교라고 적힌 현판을 물끄러미 들여다보았다. 이 순간이 꿈이었으면 좋겠다고 생각했다.

"개나 소나 들어오는 데는 싫다더니, 개 됐네?"

번개를 맞은 듯 재혁이 고개를 들었다. 대주가 한쪽 입술만 끌어올려 씩 웃고 있었다. 한 번도 본 적 없는 차가운 표정이었다. 소름이 돋았다. 재혁에게서 대주는 주저 없이 몸을 돌렸다.

'개나 소나 다 가는 그런 데는 절대 싫어.'

그건 자신이 매일같이 하던 말이었다.

멀어져가는 대주의 뒷모습을 보며 재혁은 굳은 듯 서 있었다. 대주가 멘 책가방에 매달린 인형이 덜렁거렸다.

흰색 조끼를 입은 병아리 인형이었다.

o~~~~~x

대주는 재혁이 자신의 뒷모습에서 눈을 떼지 못하고 있으리라는 것을 알고 있었다. 학교 본관으로 들어가자마자 가방을 벗어 인형을 손에 쥐었다. 흰색 조끼를 입은 병아리 인형. 재혁은 기억하지 못하고 있는 모양이었지만 대주가 받은 인형도 흰색 조끼였다. 다만 생일 파티가 열리던 날 대주는 열병 때문에 등원하지 못해 나중에 전해 받았을 뿐이었다. 그래서 생일 파티 사진에 자신이 찍혀 있지 않은 것이다.

모지리의 계정도 대주가 만든 것이었다. 모지리의 엄마가 모지리는 스마트폰을 다루지도 못한다고 했을 때 살짝 긴장했다. 재혁이 눈치를 챌까봐서였다. 하지만 재혁은 거기까지는 미처 생각하지 못하는 것 같았다. 완전히 정신이 나가 있었다.

처음 댓글을 단 것은 욱해서였다.

'개나 소나 가는 그런 학교 뭐 하러 가.'

재혁은 알지 못하고 있었다. 그런 말을 내뱉는 순간 옆에서 그 말을 듣고 있는 대주도 '개' '소'가 된다는 것을 말이다.

얄미운 것을 넘어서 분노가 일었다. 아무런 반응을 보이지 못했던 것은 별안간 당한 일이었기 때문이다. 뒤돌아서는 순간 온몸에 들러붙어 있던 불쾌감이 존재감을 드러냈다. 그것은 둥글게 뭉쳐 대주의 가슴속에서 점점 크기를 부풀렸다. 상처를 주고 싶었다.

그래도 패드립은 심했다고 생각한다. 몇 시간이 지나 댓글을 지우려 했지만 어쩐 일인지 계정이 보이지 않았다. 인스타그램 계정을 비공개로 돌려놓은 것을 나중에 알았다. 재혁이 캡처를 했는지는 알지 못했다.

명겸을 의심할 줄은 몰랐다. 재혁이 따지고 들었다가는 명겸이 아니라는 것을 쉽게 알게 될 것 같았다. 모지리의 가짜 계정을 만들어 시선을 돌렸다. 모지리를 찾으려 안달하는 꼴이 우스웠다. 그때까지는 그쯤에서 끝낼 생각이었다. 일을 키운 것은 재혁이다. 대주는 그렇게 생각하고 있다.

재혁은 명겸에게는 노트를 빌려주지 않았다. 하지만 자신에게는 아무런 거리낌 없이 노트를 빌려줬다는 것을 알았다. 그것은 재혁의 등수에 자신이 아무런 위해를 끼치지 못한다고 생각하기 때문이었다. 무시받고 있다. 백 퍼센트의 확신이었다. 그리고 그것은 모지리의 일로 증명되었다.

명겸을 의심했을 때, 재혁은 범인이 명겸이라는 것을 증명하기 위해 핸드폰을 훔치는 일까지 감수했다. 하지만 모지리가 범인이라는 생각이 들자 곧장 찾아가 위협을 했다. 이미 둘을 대하는 태도부터 달랐다. 재혁은 선을 갖고 있다. 자신의 기준으로 사람들을 나누었다. 한쪽은 그가 말하는 '개' '소'의 집합일 것이다. 그쪽에 들어가는 사람에게는 그렇게 대해도 된다고 생각하는 것이다.

재혁이 결국 원하던 외고에 들어가지 못하고 자신과 같은 학교에 입학해야 한다는 것을 알았을 때는 무척이나 통쾌했다. 그렇게나 무시하던 '개' '소'들의 행렬에 끼이는 기분이 어떤지 궁금했다. 조금 전 자신이 범인임을 깨달은 순간 하얗게 질리던 표정이 아주 볼만했다. 거울을 보여주고 싶었다.

하지만.

대주는 걸음을 멈추었다. 그런 대주의 입가에는 미소조차 드리워지지 않았다. 재혁의 꼴을 생각하면 웃어도 시원치 않을 것 같았는데 그렇지 않았다. 대주의 머릿속은 온통 모지리가 움켜쥐고 있었다.

모지리는 평생 하반신 불구로 살아야 할지도 모른다고 했다. 이런 결과를 바란 것은 아니었다. 모지리는 아무런 죄가 없었다. 대주는 재혁이 혐오스러웠다. 성적으로 사람을 나누는 태도가 끔찍했다. 그러나 자신도 그런 것은 아닐까 생각하면 몸이 떨려왔다. 왜 모지리 쪽으로 혐의를 돌리게 했을까. 그것은 모지리가 제대로 된 변명을 못할 거라는 것을 알았기 때문이 아닐까. 노트를 빌려줘도 아무런 위협이 되지 않을 인간, 이라고 자신을 취급했던 재혁과 하나도 다를 것이 없었다.

대주는 불행했다. 그리고 예감하고 있었다. '개' '소'라는 말 한마디로 목표하던 길 위에서 이탈한 재혁처럼, 자신 역시 아무렇게나 단 댓글 한 줄로 인생이 크게 휘어질 것을 말이다. 그리고 모진이에 대한 죄책감이 평생 자신을 옭아매리라는 것도.

말을
먹는
귀신

정명섭

점심시간, 급식을 받기 위해 줄을 서 있던 성혁이는 주머니에 두 손을 찔러넣은 채 주변을 두리번거렸다. 그러다 앞쪽에서 낯익은 곱슬머리를 발견하고는 한 손을 번쩍 치켜들었다.

"야! 압둘라!"

목청 좋은 성혁이의 외침에 딱 한 명만 빼고 아이들이 일제히 돌아봤다. 히죽 웃은 성혁이는 다시 외쳤다.

"안 들려? 오늘 짜장면인데 너 돼지고기 못 먹잖아. 어떻게 하냐? 어?"

아이들 사이에서 웃음이 퍼져나갔고, 곱슬머리 '압둘라'는 고개를 들지 못했다.

키득거리는 웃음이 점점 커지자 성혁이는 뒤에 서 있던 한섭이를 돌아봤다.

"어때? 애들이 웃을 거라고 했지?"

눈살을 찌푸린 한섭이가 안경을 끌어올리며 대꾸했다.

"또 만만한 애 하나 괴롭히려고 그러는 거야? 그만 좀 해."

"내가 뭘?"

"선생님도 하지 말라고 했잖아."

"야! 저런 애들이 자꾸 들어오니까 문제가 생긴다고 유튜브에서 그랬어. 그리고 재미있잖아."

"난 하나도 재미없거든."

한섭이의 말을 들은 척도 하지 않고, 성혁이는 다시 누가 들으라는 듯 크게 외쳤다.

"한국에 왔으면 한국식으로 살아야지. 삼겹살이랑 족발이 얼마나 맛있는데."

성혁이의 우스꽝스러운 제스처까지 곁들여지자 웃음소리는 더 커졌다. 결국 식판이 놓인 곳까지 갔던 '압둘라'는 돌아섰다. 그러곤 성혁이 앞에 다가와서 핏발 선 눈으로 노려봤다.

"내 이름은 압둘라가 아니라 김진훈이야. 몇 번을 말했는데 자꾸 압둘라라고 해."

"미안, 입에 붙어서 말이야. 압둘라가 마음에 안 들면 모하메드는 어때? 아님 후사인이나?"

"그만하라고 좀."

화가 났다기보다는 지긋지긋하다는 표정을 한 진훈이의 말에 성혁이가 코웃음을 쳤다.

"솔직히 니네 아빠가 요르단 사람인데 어떻게 김씨 성을 가져?"

"법적 절차 다 밟았거든. 그리고 시리아 사람이라고 계속 얘기했잖아."

목소리가 점점 커져가는 진훈이로 인해 식당 분위기는 더없이 싸늘해졌다. 하지만 성혁이는 아랑곳하지 않고 목소리를 높였다.

"시리아든 요르단이든, 외국은 외국이지. 돼지고기도 안 먹으면서 괜히 한국 사람인 척하지 마."

한섭이가 그만하라고 성혁이의 팔을 잡아당겼다. 그 손을 뿌리치는 사이 진훈이는 아무 말도 없이 식당을 나갔다. 그런 진훈이에게 성혁이가 외쳤다.

"야! 짜장면 맛있는데 안 먹어?"

"아이, 고만 좀 하라고."

"내가 뭐 틀린 얘기 했어? 외국인이면 외국인답게 굴어야지. 무슨 지가 김씨야. 안 그래?"

성혁이의 물음에 한섭이가 고개를 절레절레 흔들었다.

"아이, 꼴통 새끼."

한섭이가 투덜거리는 소리를 들으며 성혁이는 태연하게 식판을 들고 배식을 받았다.

잠시 후, 테이블에 앉아서 밥을 뜨는데 식당 입구 쪽에서 웅성거리는 소리가 들렸다. 숟가락을 쥔 채 고개를 든 성혁이의 눈에 파랗게 질린 1학년들이 보였다. 우왕좌왕하는 모습을 본 성혁이가 맞은편에 앉은 한섭이에게 물었다.

"뭐지?"

"그러게. 식당에서 떠들면 벌점인데."

소란은 점점 커져갔다. 웅성거리는 아이들의 표정이 심상치 않아서, 성혁이는 결국 참지 못하고 일어나 아이들에게 다가갔다. 안면이 있는 2학년이 보이길래 대뜸 붙잡고 물었다.

"무슨 일인데?"

성혁이의 얼굴을 본 2학년의 얼굴이 하얗게 질렸다.

"어, 그, 그러니까 떨어졌대요."

"뭐가?"

뭐냐고 물었던 성혁이는 2학년의 표정을 보고는 다시 물었다.

"누가?"

"지, 진훈 선배요. 삼층 교실에서 뛰어내렸어요."

"뭐라고? 그 새끼가 왜?"

"모, 몰라요. 시, 식당으로 오는데 갑자기 쿵 소리가 나서 돌아보니까 화단에 진훈 선배가 피를 흘린 채 누워 있었어요."

얘기를 마친 2학년이 황급히 자기 무리를 향해 뛰어갔다. 마침내 선생님이 모습을 드러냈다.

"야! 다들 식사 빨리 마치고 교실로 돌아가. 밖으로 나가지 말고 복도로 이동한다. 알았어!"

자리로 돌아온 성혁이가 한섭이에게 말했다.

"망했다."

"망한 정도가 아니지."

"무슨 말을 그렇게 해. 내가 아까 틀린 말 했어?"

"옳은 말은 아니지. 아픈 데 소금 뿌리는 말이었고."

"야! 너까지 왜 그래?"

"나한테 불똥 튀게 하지 마라. 난 아까 분명히 말렸다."

"압둘라가 나 때문에 떨어졌다는 증거 있어?"

겁이 난 성혁이가 목소리를 높였지만 숟가락을 내려놓은 한섭이가 주변을 둘러보면서 대꾸했다.

"차고 넘치지. 본 사람이 한둘이 아닌데."

확 짜증이 난 성혁이가 아이들을 바라봤다. 그러자 두 사람을 바라보고 있던 아이들이 갑자기 딴청을 피우며 시선을 돌렸다. 거기에 실린 냉랭함을 읽은 성혁이가 아무 말도 못하는 사이 한섭이가 말했다.

"그러게 적당히 하라고 했잖아. 입만 열었다 하면 상대방을 기분 나쁘게 만드는 것도 재주다, 재주."

"아이, 진짜 그렇게 말하면 화낸다."

"네가 남한테 상처 주는 건 괜찮고, 남들은 너한테 상처 주면 안 되는 거야?"

"잘못한 것도 아닌데 그러지 말라고."

성혁이의 대꾸에 한섭이가 혀를 찼다.

"정신 차리려면 멀었구나. 암튼 난 간다."

한섭이가 식판을 들고 사라지자 성혁이는 비로소 혼자가 되었다는 사실을 깨달았다. 망했다는 생각과 될 대로 되라는 생각 사이를 오락가락하는데 선생님이 다가왔다. 헛기침을 한

선생님은 올려다보는 성혁이에게 말했다.

"안성혁! 너는 교실로 가지 말고 상담실로 가."

"왜요?"

성혁이의 물음에 선생님은 한심하다는 눈빛으로 쳐다보더니 차갑게 말했다.

"일단 상담실에서 얘기하자."

"여기서 얘기하면 안 돼요?"

선생님은 성혁이의 반문에 고개를 절레절레 흔들었다.

"아직도 어떻게 돌아가는지 모르겠어?"

모르겠다고 대답하려던 찰나, 구급차의 사이렌 소리가 들려왔다. 비로소 상황을 파악한 성혁이는 벌떡 일어나며 대답했다.

"상담실로 갈게요, 선생님."

교실에서 뛰어내린 진훈이는 천만다행으로 화단의 나뭇가지에 걸리는 바람에 다리만 부러지고 말았다. 하지만 뛰어내리기 전 엄마에게 울먹거리며 전화를 해서 괴롭힘을 당했다고 말했고, 반 친구들이 있는 단톡방에도 같은 얘기를 남기는 바람에 성혁이는 꼼짝없이 가해자로 지목되었다.

구급차가 다녀간 뒤 학교로 기자들이 찾아오면서 다음날부터 뉴스와 신문에 기사가 나기 시작했다. 물론 이니셜로 처리하긴 했지만 어느 동네인지 언급되었기 때문에 댓글로 학교 이름이 나왔고, 학년과 반까지 공개되었다. 뉴스와 신문을 통해 다문화 가정 학생에 대한 인종차별성 발언이 투신자살을 불러왔다고 보도되면서 댓글창이 폭발해버렸다. 옥상에서 떠밀어버려야 한다는 둥, 혈통을 조사하면 분명 외국에서 온 피가 섞여 있을 것이라는 둥, 흑인들이 있는 감옥에 처넣어서 쓴맛을 보게 해야 한다는 둥 온갖 험악한 얘기들이 오갔다. 댓글들이 하나같이 성혁이를 욕하는 것이라서 계속 들여다봤다가는 미칠 것만 같았다.

"내가 뭘 잘못했다고 이러는 거야?"

억울하다고, 그냥 장난이었다고 항변했지만 선생님이나 아이들의 반응은 싸늘했다. 일사천리로 학폭위가 소집되었고, 형식적인 회의 끝에 출석 정지가 떨어졌다. 엄마가 간곡하게 얘기해서 일이 잘 풀리나 싶었는데 언론사에서 전화가 몇 번 오자 학교에서는 어쩔 수 없다는 말을 했다. 진훈이를 놀렸을 때만 해도 방관하거나 함께 재미있어하던 아이들은 하나같이 모른 척을 했고, 선생님들도 한심하다는 눈으로 바라봤다. 한섭이만 돌아와서 보자는 말을 남겼다.

그런 상황은 집에서도 마찬가지였다. 학폭위에 참석하는 내내 선처해달라고 하던 엄마와는 달리 아무 말이 없던 아빠는 집에 도착하자마자 큰 목소리로 화를 냈다.

"너 이제 어떡할 거야?"

"어쩌긴 뭘요?"

"내일 그 친구 병원에 가서 무릎 꿇고 사과해."

"싫어요! 내가 뭘 잘못했다고 아빠까지 그래요!"

학교에서 아이들과 선생님들의 눈총에 시달린 성혁이는 목소리를 높였다가 하마터면 아빠에게 맞을 뻔했다. 그나마 엄마가 말리는 바람에 맞지는 않았지만 흥분한 아버지로부터 어마어마한 질타를 받았다.

"야! 이 새끼야! 그럼 잘했어? 지난번 명퇴 대상자에서 간신히 빠졌다가 너 때문에 다시 대상자가 되었다고!"

"아니, 당신이 왜요?"

말리던 엄마가 묻자 아빠가 벌컥 화를 냈다.

"왜긴! 뉴스에 기사가 나가고 은행 지점으로 전화가 수백

통씩 오고 있어. 자식 교육 제대로 못 시켰다고 적금 해약하겠다고 하고, 항의 시위 하러 온다고 하는데 어떻게 버텨!"

아빠가 왜 화를 냈는지 이해한 성혁이는 의기소침해졌다. 말리던 엄마도 어안이 벙벙한지 입을 다물지 못하다가, 한참 만에 겨우 조심스럽게 말했다.

"우리 이제 어떡하죠? 아파트 대출금이랑 갚아야 할 빚이 많은데."

엄마와 아빠의 반응을 본 성혁이는 어처구니없다는 표정을 지었다.

"어떻게 아들이 출석 정지를 당했는데 엄마 아빠 생각만 해?"

성혁이의 얘기에 아빠가 다시 화를 냈다.

"시끄러워! 너만 똑바로 했으면 아무 문제 없었잖아."

이번에는 진짜 맞을 것 같다는 생각에 성혁이는 입을 다물었다. 그러면서 속으로, 관심도 없었으면서 지금 와서야 화를 낸다고 투덜거렸다. 그사이 아빠가 씨근덕거리며 말했다.

"그러게 진작 진동 어머니 얘기를 들었어야 했는데."

"당신 새어머니가 왜요?"

엄마에게 하려던 얘기를 멈추고, 아빠는 옆에 어정쩡하게

서 있던 성혁이에게 말했다.

"방으로 들어가 있어."

일단 화살을 피했다는 생각에 속으로 안도의 한숨을 쉰 성혁이는 냉큼 방으로 들어갔다. 하지만 넘치는 호기심을 이기지 못해 방문을 살짝 열어놓고 바깥의 얘기에 귀를 기울였다. 소파에 앉아서 머리를 손으로 쓸어넘긴 아빠가 옆에서 팔짱을 낀 채 서 있는 엄마에게 말하는 모습이 보였다.

"보름 전쯤에 갑자기 전화가 왔었어."

"아버님 돌아가시고 연락 안 한다고 했잖아요."

팔짱을 푼 엄마의 말에 아빠가 고개를 끄덕거렸다.

"그랬지. 나하고는 피 한 방울 안 섞인 사이니까."

"무당이었다면서요."

생각만 해도 무시무시하다는 표정을 짓는 엄마의 말에 아빠가 대답했다.

"동네에서는 꽤 영험하다고 소문이 났어. 그래서 아버지한테 와서 자기랑 안 살면 몇 년 안에 가족들이 다 병에 걸려서 죽는다고 했을 때 들어줄 수밖에 없었지."

"그런데 왜 연락이 온 거예요?"

엄마가 묻자 아빠가 갑자기 성혁이 방을 바라봤다. 놀란 성혁이가 잽싸게 몸을 벽에 붙였다. 다행히 목소리는 잘 들렸다.

"성혁이한테 나쁜 기운이 있다는 거야."

"뭐라고요?"

놀란 엄마의 목소리가 확 튀었다. 문틈으로 살짝 거실을 내다보자 엄마를 바라보며 아빠가 말했다.

"기분이 확 나빠가지고 무슨 소리를 하는 거냐고 했더니 말을 먹는 귀신이 들러붙은 것 같다고 하더라고."

"말을 먹는 귀신이 대체 뭐예요?"

"나도 몰라. 뭐라고 하긴 했는데 신경써서 듣지를 않아서 말이야. 아무튼 자기한테 보내라 그랬어."

"왜요?"

"말을 먹는 귀신을 쫓아내주겠다고 했어."

"어휴, 으스스해. 누가 무당 아니랄까봐."

엄마가 떨리는 목소리로 말하자 지켜보던 아빠가 조심스럽게 말했다.

"그래서 말인데, 성혁이를 잠시 내려보낼까?"

"무, 무슨 말이에요. 그게."

성혁이는 당장이라도 말도 안 된다고 외치면서 거실로 나가고 싶었다. 하지만 그랬다가는 오히려 더 크게 혼이 날 수 있다는 생각에 꾹 참았다.

"귀신을 쫓아내준다고 하잖아."

아빠의 말에 엄마가 기가 막히다는 듯 한숨을 내쉬었다.

"그 말을 믿는 거예요? 좀 진정하고 다시 생각해봐요."

엄마의 차분한 설득에 아빠는 알겠다고 말하면서 대화는 끝이 났다. 가슴을 쓸어내린 성혁이는 벽에 기댄 채 중얼거렸다.

"큰일날 뻔했네."

아빠의 새엄마는 삼 년 전, 할아버지의 장례식 때 딱 한 번 봤다. 검은색 옷을 입고 고개를 조아린 채 울고 있는 사람들 사이에서, 할머니는 알록달록한 옷에 사람인지 귀신인지 알 수 없는 분장을 한 채 구석에서 작은 징을 치면서 노래를 불렀다. 괴이한 풍경에 사람들은 가까이 가지 않았고, 아빠도 재수 없다는 말만 되뇌었다. 구석에 앉아서 시간을 보내던 성혁이가 화장실에 갔다가 돌아오는데, 장례식장 문 앞에 앉아 있는 할머니가 보였다. 고개를 푹 숙이고 있어서 잠든 줄 알고 그 앞을 지나가는데 갑자기 성혁이의 손을 꽉 잡았다. 놀라서 바라보자 어느새 고개를 든 할머니가 눈빛을 반짝거리며 쳐다보고 있었다.

'어디서 이런 게 묻어왔을까?'

무슨 뜻인지는 알 수 없었지만 오줌을 지릴 만큼 무서워진 성혁이는 붙잡힌 손을 비틀어서 뽑아냈다.

'이거 놓으세요.'

'썩 물러가!'

거칠고 탁한 목소리에 놀란 성혁이는 뒤도 돌아보지 않고 장례식장 안으로 가서 아빠 옆에 꼭 붙어 있었다. 술을 마시던 아빠가 무슨 일인지 물었지만 성혁이는 아무것도 아니라고 얼버무렸다. 새삼 옛날 기억이 떠오른 성혁이는 안도의 한숨을 쉬면서 침대에 누웠다.

"그래, 엄마가 날 그런 곳으로 보낼 리가 없잖아."

하지만 다음날부터 일이 묘하게 돌아갔다.

다음날 오후, 외삼촌에게 전화가 걸려왔다. 청소기를 돌리다 전화를 받은 엄마의 표정이 심상치 않았다.

"뭐라고? 가게문을 갑자기 왜 닫아?"

식탁에 앉아서 게임을 하고 있던 성혁이는 무슨 소리인가 싶어서 엄마를 바라봤다. 핏발 선 눈으로 성혁이를 바라보던 엄마는 갑자기 넋이 나간 목소리로 말했다.

"엄마 잠깐 나갔다 올게."

"어디?"

"외삼촌네 가게."

엄마답지 않게 허둥지둥하면서 외출 준비를 하는 걸 본 성혁이가 물었다.

"얼마 전에 오픈한 간장게장 집? 나도 같이 갈래."

"그냥 집에 있어."

"왜?"

"너 때문에 난리가 났는데 어딜 따라와?"

울컥한 엄마가 핸드백만 챙겨들고는 현관문을 나섰다. 그걸 본 성혁이가 투덜거렸다.

"또 나 때문이야?"

엄마는 저녁때가 한참 지나서야 돌아왔다. 아빠까지 들어오지 않아서 컵라면으로 저녁을 때워야 했던 성혁이는 문이 열리는 소리가 나고 엄마가 들어오자 화부터 냈다.

"왜 이제 오는 거야?"

한참 울다 왔는지 눈이 퉁퉁 부은 엄마는 성혁이를 보더니 갑자기 볼을 확 꼬집었다.

"아야! 왜 이래!"

"너 어떡할래?"

"뭘 어떡해?"

"너 때문에 외삼촌네 가게, 문 닫게 생겼어."

"왜 문을 닫는데?"

"네 외삼촌이라고, 사람들이 찾아와서 손가락질하고 인터넷에 음식이 맛없다고 올리는 바람에 문 연 지 일주일밖에 안 됐는데 손님이 팍 줄었어. 오늘도 사람들이 행패를 부리는 바람에 오후 장사 못하고 문을 닫았단 말이야."

울먹거리는 엄마의 말에 성혁이는 더이상 화를 내지 못했다. 외삼촌이 여기저기 빚을 내면서 가게를 크게 연 탓에 안되면 큰일난다는 말을 여러 번 들었기 때문이다. 소파에 털썩 주저앉은 엄마가 두 손으로 얼굴을 가린 채 소리 내어 울었다.

"해도 해도 너무해. 사고는 네가 쳤는데 왜 우리 형진이 신상이 털리고 가게 장사를 못하게 하는데?"

엄마는 아빠가 술을 한잔하고 들어올 때까지 울었다. 그리고 아빠에게 하소연을 했다. 오히려 아빠가 엄마를 위로하는 상황이 벌어졌다. 결국 외삼촌의 간장게장 집은 며칠 후에 문을 닫고 말았다. 막대한 빚을 남긴 채 말이다.

충격에 빠진 엄마는 정신과에 상담을 받으러 다녔다. 살얼음판 위를 걷는 것 같은 며칠이 지나고 엄마가 바람을 쐬고 오겠다며 훌쩍 집을 떠났다. 놀란 아빠가 이리저리 전화를 하다가 한숨을 쉬며 소파에 앉았다. 초조하게 옆에서 지켜보던 성혁이가 조심스럽게 물었다.

"어디래?"

"외할머니 모시고 외삼촌 가족이랑 여행 갔대. 외할머니네 좀 있다 오겠다고 해서 그러라고 했다."

그렇게 말하는 아빠의 눈빛이 참 지쳐 있다는 느낌이 들었다. 핸드폰을 한동안 만지작거리던 아빠가 입을 열었다.

"너, 잠깐 가 있어야겠다."

올 게 왔다는 생각이 들었지만 그런 현실을 믿고 싶지 않았던 성혁이가 시치미를 떼고 물었다.

"어디로요?"

"진동 어머니네. 어제 통화했는데 지금이라도 데려오라고 하더라."

"나 가기 싫어. 아빠."

성혁이는 주르륵 눈물을 쏟으면서 말했지만 아빠는 단호했다.

"나도 보내고 싶지 않지만 이렇게 가다가는 우리 가족 완전히 원수 되는 건 시간문제야. 나도 어디 바닷가에 가서 머리 좀 식히고 와야겠어. 이러다가는 폭발하고 말겠다."

더이상 버틸 분위기가 아니라서 알겠다고 하고 방으로 들어갔는데 거실에서 아빠가 통화하는 소리가 들렸다. 방문을 살짝 열고 바라보니 아빠는 티브이 앞을 서성거리며 핸드폰을 귀에 댄 채 고개를 끄덕이고 있었다.

"어머니, 접니다. 성혁이 며칠 좀 맡아주실 수 있으십니까? 제가 어디를 좀 갔다 와야 할 거 같아서요. 알겠습니다. 내일 바로 가겠습니다."

통화를 끝낸 아빠가 홀가분하다는 듯 기지개를 켰다. 성혁이는 조심스럽게 문을 닫은 채 침대에 누워 눈물을 삼켰다.

아침에 눈을 뜬 성혁이는 짐을 챙기는 아빠의 모습을 봤다. 그날 이후 처음으로 밝은 표정이 된 아빠가 해외여행 때 쓰는 캐리어를 꺼냈다.

"어디 가게?"

"강원도. 아빠 고등학교 동창이 강릉에서 횟집이랑 모텔을 하거든. 휴가 내고 거기 가서 좀 있다 오려고."

성혁이는 자기도 데려가달라는 얘기가 목까지 올라왔지만 차마 꺼내지는 못했다. 잠자코 목욕을 하고 옷을 갈아입은 성혁이는 게임기랑 옷가지를 넣은 가방을 메고 거실로 나왔다. 모자에 선글라스까지 얹은 아빠가 현관문을 열고 캐리어를 끌며 먼저 나갔다. 잠자코 따라 나간 성혁이는 차에 탔다.

가는 내내 아빠는 아무 말이 없었다. 성혁이가 몇 번이고 말을 건네려고 했지만 도저히 그럴 분위기가 아니었다. 토요일이라 차가 좀 막히기라도 바랐지만 도로에는 어쩐 일인지 차들도 없어서 쌩쌩 달렸다. 할머니가 사는 경기도 외곽의 진동리에 거의 다다를 즈음에야 아빠가 먼저 입을 열었다.

"할머니 말 잘 듣고 있어. 여행 갔다 와서 엄마랑 데리러 올 테니까."

어떻게 대답해야 될지 몰라, 성혁이는 한숨을 쉬며 고개만 끄덕거렸다. 구불구불한 시골길을 달리던 차가 흙먼지를 일으키며 멈췄다. 담장을 따라 나무가 심어진 널따란 마당 한구석에 붉은 벽돌로 지은 낡은 이층집이 보였다. 할머니가 무당이라고 해서 기와집이나 초가집 같은 걸 예상했던 성혁이는 의

외라고 생각했다.

"여기예요?"

"응, 가방 챙겨라."

성혁이가 뒷좌석에 던져놓은 가방을 꺼내는 사이 아빠가 대문으로 다가갔다. 문 옆에는 하얀색과 빨간색 천이 깃발처럼 걸려 있었다. 문을 열고 들어간 아빠를 따라 안으로 들어선 성혁이는 매캐한 냄새에 저도 모르게 코를 감싸쥐었다.

"윽, 이상한 냄새."

안은 더 이상했다. 커튼을 다 쳐놓은 거실은 대낮임에도 어두침침했고, 나무를 깎아서 만든 이상한 조각상과 징 같은 것들이 곳곳에 널려 있었기 때문이다.

"무서워."

저도 모르게 중얼거린 성혁이는 아빠를 찾았다. 하지만 일층을 먼저 돌아본 아빠는 이층으로 올라가는 계단으로 사라져버린 상태였다. 뒤따라가고 싶었지만 이층에 뭐가 있을지 몰라서 겁이 난 성혁이는 일층에 남았다. 거실에 딸린 부엌 쪽에도 이상한 조각들이 주렁주렁 달려 있었다. 특히 싱크대 옆 벽에는 드림캐처까지 걸려 있어서 묘한 분위기를 연출했다.

"사람 사는 곳 같지가 않네."

부엌에서 드림캐처를 한참 동안 바라보다가 다시 거실로 나오는데 마침 계단에서 내려오던 아버지가 중간에 서서 손짓을 했다.

"올라와라."

주저하던 성혁이는 계속되는 아빠의 손짓에 못 이겨 이층으로 올라갔다. 삐걱거리는 계단을 밟고 올라가자 정면에 무척 커다란 북이 보였다. 그리고 아빠가 진동 어머니라고 부르는 할머니가 그 앞에 앉아 있는 게 보였다. 황금색 머리띠에 온갖 색이 다 들어간 한복 차림을 한 할머니가 눈을 감은 채 빨간색 방석 위에 앉아 있었다. 백발에 쭈글쭈글한 피부를 보니 나이가 엄청 많다는 걸 짐작할 수 있었다. 그 옆에 구부정하게 선 아빠가 조심스럽게 말했다.

"어머니, 저 왔습니다."

그러자 눈을 뜬 할머니가 물었다.

"성혁이는?"

"같이 왔습니다."

"거봐라. 내 말을 들었어야지."

요란하게 혀를 차는 할머니에게 아빠가 연신 고개를 조아렸다.

"제가 잘못했습니다. 말씀하신 대로 데려왔으니까 제발 우리 아들 사람 좀 만들어주십시오."

"놓고 가. 내가 데려가라고 할 때 오고."

"알겠습니다. 어머니."

몇 번이고 고개를 숙인 아빠가 돌아서서 안도의 한숨을 쉬는 게 보였다. 놀란 성혁이는 아래로 내려가려는 아빠의 바짓자락을 움켜쥐었다.

"아빠!"

성혁이를 내려다보던 아빠가 냉정한 표정으로 그 손을 뿌리쳤다.

"시키는 대로 잘해라. 안 그러면 데리러 오지 않을 거야."

아빠가 뒤도 돌아보지 않고 계단으로 내려가는 걸 본 성혁이는 절망감에 얼굴을 일그러뜨렸다. 그렇게 멍하게 바라보는데 언제 일어났는지 할머니가 다가와 어깨에 손을 올렸다.

"아악!"

화들짝 놀란 성혁이가 바라보자 할머니가 조용히 하라는 손짓을 했다. 그러곤 어깨에 올린 손에 힘을 준 채 걸었다. 마치 자석에 붙어버린 것처럼 할머니를 따라간 성혁이는 어떤 방 앞에 서게 되었다.

"여긴 어딘데요?"

할머니는 대답 대신 드림캐처가 걸려 있는 방문을 열어젖혔다. 어렴풋하게 보이는 방 안의 모습에 성혁이는 저도 모르게 얼굴을 찌푸렸다.

"부적투성이네요."

굳게 닫힌 창문은 물론이고, 벽에는 온통 빨간색 한문이 적힌 부적들이 다닥다닥 붙어 있었다.

"이곳에서 지내고, 웬만하면 밖으로 나오지 마라. 화장실은 옆에 딸려 있으니까 거길 쓰고."

"감옥인가요?"

성혁이의 당돌한 질문에 할머니가 차갑게 웃었다.

"넌 이미 감옥에 갇혀 있어. 이 방은 감옥이 아니라 널 풀어줄 열쇠야."

"제가 무슨 감옥에 갇혔는데요?"

반항심과 두려움에 휩싸여 성혁이가 묻자 할머니가 갑자기 손톱이 길게 자란 손가락을 쭉 내밀었다. 흠칫 놀란 성혁이가 미처 피하기도 전에 손가락이 성혁이의 입술을 눌렀다. 싸늘한 표정으로 성혁이를 보며 할머니가 대꾸했다.

"말의 감옥."

짧고 무시무시한 대답이었다. 곧 할머니는 손가락을 떼고 치맛자락을 감싸쥐며 돌아섰다.

"그럼 푹 쉬어라."

그 말을 남긴 채 할머니가 방문을 쾅 닫았다. 당황한 성혁이는 문고리를 잡고 다시 나가고 싶었지만, 말을 잘 듣지 않으면 데리러 오지 않겠다고 한 아빠의 말이 떠올랐고, 자기 때문에 집을 나가버린 엄마의 모습도 생각났다. 결국 문고리를 돌리지 못한 성혁이는 방구석으로 가서 벌렁 누웠다. 비로소 자신이 무슨 잘못을 저질렀고, 어떤 상황에 처했는지 깨달은 것이다. 미칠 것 같은 두려움에 휩싸인 성혁이는 떨리는 손으로 핸드폰을 꺼내 한섭이에게 문자를 보냈다.

뭐 하고 있어?

성혁이는 그 앞에 붙은 '1'이라는 숫자가 사라지기만을 기다리면서 뚫어지게 대화창을 바라봤다. 몇 시간 같은 몇 분이 지난 후 드디어 숫자가 사라지고 답장이 왔다.

좀 전에 일어나서 학원 가려고 나왔어.
넌 어디야?

잠시 고민하던 성혁이는 절반쯤만 알려줬다.

시골 할머니네 잠깐 내려왔어.

사고 치고 집에서 쫓겨난 거야?

그냥 머리 식히러 왔어.
학교는 요즘 어때?

어떻긴, 앓던 이가 빠진 것같이
잘 돌아가지.

정말?

교장이 갑자기 다문화 교육에 눈을 떴는지
이것저것 한다고 해서 다들 피곤하다고 해.

어쨌든 미안.

사과도 다 하고 사람됐네.

돌아가면 잘해줄게.

잠시 후, 서글픈 내용의 문자가 왔다.

학교에서는 다시 널 안 볼 생각인 거 같던데?
출석 정지 끝나자마자 전학시키려고 한대.

누가?

선생님들 전부 다. 니네 아빠가 봐달라고
하소연을 했는데 교장이 거절했대.
선생님들이 반대한다고 해서 말이야.

한섭이의 문자를 보고서야 아빠가 왜 그렇게 냉랭하게 굴었는지를 알게 된 성혁이는 초조함을 못 이기고 손톱을 깨물었다.

진훈이는?

압둘라라고 안 부르다니, 진짜 사람됐나봐.
다리가 부러져서 아직 병원에 있대.
다다음 주쯤에 학교 나온다고 하던데?
나 이제 학원 들어가야 해.

알았어. 담에 또 연락하자.

한섭이는 성혁이가 남긴 마지막 문자를 보지 않았다. 우울해진 성혁이는 또 연락할 만한 사람을 찾기 위해 친구 목록을 뒤졌다. 엄마랑 아빠에게도 보내고 싶었지만 아직 그럴 때가 아니라는 생각에 접었다.

그렇게 한참 동안 핸드폰을 들여다보던 성혁이는 팔베개를 한 채 천장을 보면서 한숨을 쉬었다. 촌스러운 꽃무늬 벽지가 발린 천장 역시 부적투성이였다. 알 수 없는 붉은 글씨들이 자신을 내려다보고 있었다.

"환장하겠네."

옆으로 돌아누운 성혁이는 애써 잠을 청했다. 지금 할 수 있는 건 그것밖에 없었기 때문이다.

다행스럽게도 아빠의 새엄마인 무당 할머니는 별다른 간섭을 하지 않았다. 다만 방 안에 계속 있으라고 했고, 밖으로 나오더라도 이층을 벗어나서는 안 된다고 했다. 식사도 이층에서 했는데 답답해진 성혁이가 왜 그러냐고 묻자 변함없이 차가운 목소리로 대답했다.

"이곳을 벗어나면 찾아올 수 있어."

"뭐가요?"

"말을 먹는 귀신."

"그런 게 진짜 있어요?"

"물론이지. 눈에 보이지 않는다고 존재하지 않는 건 아니니까."

그렇게 대답한 할머니는 이층을 한번 휘 돌아봤다. 마치 정말 누군가 있는 것처럼 살펴보는 모습이 으스스했다.

그렇게 한 달 같은 일주일이 지나고 점심을 먹는데 할머니가 불쑥 물었다.

"너, 김언이라는 사람 아니?"

"기머니요? 외국 사람인가요?"

성혁이의 대답을 들은 할머니는 뜻밖에도 아이패드를 건넸다.

"김, 언. 검색해봐."

수저를 내려놓고 성혁이는 포털사이트에 들어가서 '김언'이라는 이름을 검색했다. 그러자 화면이 바뀌었다. 이층이 어두침침한 덕분에 눈이 부셔서 얼굴을 바짝 들이대야만 읽을 수 있었다.

"조선시대 사람이네요."

"맞아. 원래는 공부를 잘하고 똑똑한 선비여서 과거에 합격해서 관리가 되었지. 그때부터 문제가 발생했어."

"어떤 문제요?"

"남에게 상처를 주는 말을 너무나 많이 했지. 당사자부터 그의 가족들까지 다양한 방식으로 오랫동안 괴롭혀서 한번 찍히면 견딜 수가 없다는 얘기까지 돌 정도였지. 심지어 그에게 심한 말을 듣고 충격을 받아서 자살한 사람까지 있었다는구나."

할머니의 얘기에 성혁이는 뜨끔했다. 그런 성혁이의 속마음을 아는지 모르는지 할머니의 말이 이어졌다.

"그래서 주변 사람들이 배려를 좀 하라고 했더니, 단칼에 거절하면서 자기에게 막말을 들은 사람이 스스로 몸가짐을 잘했으면 되는 일이라고 했다는구나. 하지만 김언은 잘못한 사람이 아니라, 자기 마음에 들지 않거나 기분이 나쁘면 아무에게나 막말을 했단다. 그래서 점차 주변 사람들과 멀어지고, 결국 친척과 가족들과도 멀어졌지. 차츰 관직에서 밀려나게 되자 마침내는 임금에게까지 막말을 했다는구나."

"진짜요?"

"자기가 높은 관직에 오르지 못한 건 임금이 보는 눈이 없어서 그렇다는 상소문을 올렸다는 거야. 그러자 임금이 그를 불러서는 산더미같이 쌓인 상소문을 보여주면서 말했대."

"뭐라고요?"

"과인은 그대의 능력과 충성심을 높이 사고 있다, 하지만 그대의 중용을 반대하는 상소문들이 이렇게 많이 올라오는데 어찌해야 할지 모르겠다, 고 말이다."

할머니의 얘기에 빠져든 성혁이는 저도 모르게 물었다.

"그래서 김언은 뭐라고 대답했어요?"

"모두 다 거짓말이고 모함이니까 믿지 말라고 했단다. 그러자 임금은 그대가 몸가짐을 바르게 했다면 이런 상소문이 올라오지 않았을 것이라고 대답했지."

"김언이 했던 말이랑 같은 대답이네요."

성혁이의 대꾸에 할머니는 흡족한 표정으로 고개를 끄덕거렸다.

"맞아. 스스로 한 말에 발목이 잡힌 셈이지. 충격을 받은 김언은 관직을 버리고 고향으로 내려갔다가 얼마 후에 죽었다고 하는구나. 그런데 죽기 전에 방 안에 틀어박힌 채 수십 장의 종이에 빼곡하게 글을 남겼다는구나."

"어떤 글이요?"

"자기는 억울하다고, 남을 험담하는 사람은 곱게 죽어서는 안 되고, 처참하게 죽어야만 한다는 내용이었지."

그 말에 어이가 없어진 성혁이가 입을 열었다.

"말도 안 돼요. 자기는 말로 사람까지 죽여놓고 자기가 당한 건 억울하다고요?"

"사람은 원래 자기 자신에게는 관대한 법이니까."

성혁이는 할머니의 대답을 듣고는 또다시 가슴이 뜨끔했다. 한섭이나 엄마 아빠가 자기에게 화를 낼 때는 왜 그러냐고 따졌는데, 정작 자기는 진훈이가 그러지 말라고 했을 때 개의치 않고 막말을 했었기 때문이다. 자기가 무슨 짓을 저질렀는지 깨달은 성훈이가 입을 다물고 있는 사이 할머니가 말했다.

"그래서 김언은 죽은 후에 저승으로 가지 못하고, 이승에 남아서 말을 먹는 귀신이 되었지."

"말을 먹는 귀신이요?"

이곳에 오기 전 아빠가 엄마에게 했던 얘기를 떠올린 성혁이는 바짝 긴장한 채 물었다. 그런 성혁이를 뚫어지게 바라보며 할머니가 차분하게 말했다.

"사람들의 말을 먹고 나쁜 말을 뱉어내는 귀신이지."

"세상에 귀신이 어디 있어요?"

피식 웃는 성혁이를 보며 할머니가 허리를 꼿꼿하게 폈다.

"물론 없지. 보이지 않으니까. 하지만 나처럼 그걸 보는 사람들에게는 존재해. 지금 이 방에도 귀신들이 얼마나 많은 줄 아니?"

모르겠다고 대답하려던 성혁이는 목덜미를 스치고 지나가는 싸늘하고 눅눅한 바람에 흠칫 놀랐다. 무심코 바닥으로 고개를 돌린 성혁이는 먼지 같은 게 뭉쳐져서 사람 얼굴을 하고 자신을 노려보는 걸 봤다.

"으악!"

놀란 성혁이는 벌떡 일어나서 할머니 뒤에 숨었다. 벌벌 떨면서 고개를 살짝 내미는데 할머니가 껄껄 웃었다.

"숨거나 도망쳐도 소용이 없단다. 귀신에게 이승의 장애물은 통하지 않으니까."

"진짜 귀신이에요?"

"그럼, 사람이 죽으면 몸에 있던 영혼이 빠져나가게 되지. 대부분은 저승으로 가게 되는데 그러지 못한 영혼들은 이승에 남아서 귀신이 되어버리지."

"왜 못 가는 건데요?"

"미련 때문이지. 살아 있을 때 하지 못한 일에 대한 아쉬움이나 누군가에 대한 원한 같은 것들이 이승을 떠나지 못하게 만들어."

연신 주변을 살피면서 얘기를 듣던 성혁이는 아까 들었던 얘기를 떠올리며 물었다.

"김언도 그중 한 명인가요?"

"그렇지. 그것도 아주 심한 악감정을 가지고 있어서 떠나지 못했지."

"무슨 악감정이요?"

"사람들이 자기에게 막말을 해서 출세를 방해받았다는 감정."

"와! 자기는 남한테 엄청 막말을 했으면서요?"

황당하다는 듯 성혁이가 묻자 무당 할머니가 대답했다.

"원래 인간은 쉽게 납득하는 존재가 아니니까. 아무튼 그때 이후 말을 먹는 귀신이 되어서 사람들을 괴롭히고 고통스럽게 만들었지."

할머니가 이 얘기를 하면서 자신을 쳐다본 덕분에 성혁이는 그게 무슨 뜻인지 알아차렸다.

“그럼 제가 말을 먹는 귀신에 씌었다는 건가요?”

“그런 거 같아. 몇 년 전에 만났을 때 기억하지?”

“네, 장례식장에서요.”

“그때 조짐이 보여서 쫓아내려고 했는데 여의치가 않았다. 원래 어린애한테는 안 달라붙는데 이상하게 너한테 온 모양이구나.”

“그래서 제가……”

진훈이의 사고를 떠올린 성혁이가 차마 말을 잇지 못하자 할머니가 혀를 찼다.

“말이라는 것은 입안에 든 칼이랑 다를 바가 없지. 그래서 조심하지 않으면 타인은 물론 자신도 해치는 법이란다.”

“하지만 저는 틀린 말을 한 건 아니에요.”

“세상에 틀린 말은 없단다.”

힘주어 말하며 할머니가 덧붙였다.

“잘못된 말이 있을 뿐이지.”

“뭐가 잘못된 말인데요?”

“타인에게 상처를 주는 말이 곧 잘못된 말이지. 사실인지 아닌지는 중요한 문제가 아니야.”

"왜요? 사실인지 아닌지 제대로 말해야 하잖아요."

성혁이의 반박에 할머니가 혀를 찼다.

"그럼 넌 부모의 신세를 망친 못된 아이라고 불려야겠구나."

"제가 왜요?"

발끈한 성혁이에게 할머니가 차분하게 말해줬다.

"너 때문에 아버지는 다니던 은행에서 퇴직을 당할 처지고, 외삼촌이 하는 가게는 제대로 장사도 못하고 문을 닫고 말았잖아."

반박을 하려던 성혁이는 대꾸하지 못하고 입을 다물고 말았다. 틀린 얘기가 아니기도 했거니와 잘못 말했다가는 집에 돌아가지 못한다는 공포감 때문이었다. 그러는 사이 할머니의 말이 이어졌다.

"너한테 놀림을 당한 아이는 죽을 생각을 하고 교실에서 뛰어내렸어. 설사 네가 틀린 말을 한 게 아니라고 해도 그것으로 인해 누군가가 상처를 받았다면 잘못된 말이라고 해야지."

"나쁜 뜻으로 한 건 아니었어요. 그냥 장난이었는데."

그 말이 끝나기가 무섭게 할머니가 밥상에 놓인 숟가락으로 성혁이의 머리를 때렸다. 눈물이 핑 돌 정도로 충격이 오자 성혁이는 눈을 질끈 감았다가 떴다.

"왜 때려요?"

"장난이었어. 오랜만에 본 손자한테 그 정도는 할 수 있잖아."

태연하게 말하는 할머니에게 성혁이는 화를 내려다가 움찔했다. 화를 내면 방금 전에 자신이 했던 주장에 대한 완벽한 반박이 되었기 때문이다. 분한 마음에 성혁이는 눈물이 났다. 훌쩍거리며 울려고 하자 할머니가 심드렁하게 대꾸했다.

"누군가에게 말을 할 때 그걸 내가 듣는다고 한 번쯤 생각해보면 쉬운 문제지. 네가 만약 외국인 아빠를 두었는데 누가 계속 놀리면 어떨까?"

"그러지 말라고 해야죠."

"계속 그러면?"

할머니의 물음에 진훈이가 떠오른 성혁이가 대답했다.

"기분 나쁘니까 하지 말라고 할 거예요."

"상대방이 기분 나쁘게 할 생각 아니었고, 그걸 가지고 화를 내는 게 잘못 아니냐고 한다면?"

말문이 막힌 성혁이가 입을 다물고 있자 할머니가 덧붙였다.

"말을 할 때 중요한 건 말하는 사람이 아니라 듣는 사람의 마음이란다. 아무리 옳은 말이라고 해도 상대방의 마음에 상처를 줄 수 있다는 사실을 명심해야 해."

"그렇다고 틀린 얘기를 할 수는 없잖아요."

"그 기준이 누구에게 있는 거지? 말하는 사람일까, 아니면 듣는 사람일까?"

말하는 사람이라고 대답하려고 했지만 아까 했던 얘기가 떠올라서 입을 꾹 다문 채, 성혁이는 할머니 뒤에서 벗어나 다시 제자리로 돌아가서 앉았다. 그런 성혁이에게 할머니가 말했다.

"어쨌든 말을 먹는 귀신이 달라붙어 있어서 그대로 놔두면 이런 일이 계속될 거다."

"어떤 일이요?"

"누군가에게 말로 상처를 주고 그게 다시 너랑 주변 사람들에게 칼로 돌아오는 거. 김언이 그랬고, 그 사람이 변한 말을 먹는 귀신이 깃든 사람들이 겪는 일이지."

"그럼 어떻게 되는데요?"

"김언처럼 될 거다. 자신뿐만 아니라 주변 사람들 모두 불행하게 만들고 제명대로 살지 못하지. 타인에게 손가락질을 당하고, 배척을 당하지만 자기가 왜 잘못했는지 모르면서 세상에 대한 원망을 품은 채 말이다."

할머니의 무시무시한 말에 성혁이는 아무 대답도 못하고 마른침만 삼켰다. 자신이 던진 말이 부메랑처럼 돌아와서 엄마 아빠에게 상처를 주었다는 사실이 성혁이의 마음을 무겁게 만들었다. 그런 성혁이를 향해 할머니의 말이 이어졌다.

"말은 자기뿐만 아니라 주변 사람들의 운명을 망치는 힘을 가지고 있어. 말을 먹는 귀신은 그런 걸 노리고 있지."

"그럼 제가 어떻게 해야 말을 먹는 귀신의 손아귀를 벗어날 수 있을까요?"

성혁이의 물음에 할머니는 방을 가리켰다.

"부적 방이라면 말을 먹는 귀신이 들어오지 못할 거야. 이 집 안도 마찬가지고."

"그, 그럼 여기서 평생 못 나가는 거예요?"

놀란 성혁이의 물음에 할머니가 고개를 가볍게 끄덕거렸다.

"너랑 가족들을 위해서라면 그것도 나쁘지 않지. 말을 먹는 귀신은 늘 새로운 먹잇감을 찾아다니기 때문에 네가 여기서 안 나가면 다른 사람에게 옮겨갈 거다."

"진짜요?"

"요즘에는 막말을 하는 사람들이 차고 넘쳐서 말이다. 하지만 언제까지 붙어 있다 떠날지는 모르겠구나."

안타깝다는 표정의 할머니에게 성혁이가 간절하게 말했다.

"저 엄마 아빠랑 같이 지내고 싶어요."

"지금으로서는 별로 좋은 생각은 아니야. 말을 먹는 귀신 때문에 또 험한 얘기를 하고, 그러면 이번보다 더한 사고가 날지 몰라."

"조심할게요."

"말을 먹는 귀신에게는 조심한다는 것 따위는 소용없어."

냉랭한 할머니의 말에 울기 일보 직전이 된 성혁이가 애원했다.

"그럼요? 벗어날 방법을 알려주시면 시키는 대로 전부 할게요."

간절한 눈으로 바라보는 성혁이를 외면한 채 할머니가 스르륵 일어나면서 대답했다.

"천천히 생각해보자꾸나."

할머니가 아래층으로 내려갈 때까지 성혁이는 꼼짝도 못 하고 울었다. 자신이 했던 말들 때문에 엄마 아빠가 힘들어하고, 영영 같이 지내지 못할 수도 있다는 사실이 너무나 충격적으로 다가왔기 때문이다.

○∿∿∿∿∿×

그렇게 며칠이 지나가는 동안 성혁이는 말수가 부쩍 적어졌다. 한섭이와 종종 연락을 하고 엄마 아빠에게 잘못했다는 내용의 문자를 보냈지만 그 이상으로 말을 할 일은 없었기 때문이다. 그렇게 할머니의 집에 온 지 열흘째 되는 날, 점심 식사를 마치자 할머니가 성혁이에게 말했다.

"그래, 말을 먹는 귀신을 쫓아내고 싶니?"

성혁이가 소리 내어 대답하는 대신 조용히 고개를 끄덕거리자 할머니는 입고 있던 한복 저고리 안쪽에서 부적을 하나 꺼내서 밥상 위에 올려놨다. 노란색 종이에 붉은색 한문이 적힌 부적이었는데 중간중간 이상한 기호들이 들어가 있었다.

"이게 뭐예요?"

하도 말을 하지 않아서 목소리가 갈라진 성혁이의 물음에 할머니가 대답했다.

"말을 먹는 귀신을 돌려보내는 부적이란다."

"누구에게요?"

"김언의 몸으로."

"그 사람은 예전에 죽었잖아요."

그 말에 할머니가 차갑게 웃었다.

"그 사람 무덤이 이 근처에 있지. 이 부적을 무덤 앞에서 불에 태우면 말을 먹는 귀신이 사라질 거다."

"언제 하면 돼요?"

질문을 받은 할머니는 천천히 일어나서 베란다의 커튼을 열어젖혔다. 아직 해가 완전히 떨어지지 않았지만 둥근 달이 떠 있는 게 보였다. 할머니는 보름달을 쳐다보면서 말했다.

"보름달이 뜬 날 밤 열두시에서 한시 사이에."

"공포 영화 찍는 것도 아니고, 왜요?"

"하루가 완벽하게 바뀌는 순간이니까."

"영화나 드라마 보면 귀신 같은 게 나와서 막 방해하고 그러던데요."

겁에 질린 성혁이의 말에 할머니가 계속해서 보름달을 바라보면서 대답했다.

"귀신은 인간을 직접 해치지는 못해. 대신 마음을 흔들어서 스스로 망가지게 만들지. 그러니까 마음만 굳게 먹으면 이겨낼 수 있어. 그래야 마지막 시험을 통과할 수 있지."

"어떤 시험이요?"

"그건 나도 모른다. 통과하려면 자신의 잘못을 돌아보고 진심으로 반성해야 한다는 점을 빼고는 말이다."

성혁이는 마른침을 삼키며 할머니를 따라 보름달을 바라봤다. 심장이 두근거릴 정도로 무서웠지만 말을 먹는 귀신을 쫓아낼 수 있는 기회라는 생각이 들자 용기가 났다. 고개를 끄덕거린 성혁이가 대답했다.

"저, 할게요."

밤 열한시가 될 즈음, 성혁이는 할머니의 배웅을 받으며 집을 나섰다. 할머니가 챙겨준 물통, 부적과 그걸 태울 라이터를 챙겼다. 김언의 무덤은 뒷산을 넘어가면 나온다고 할머니가 알려줬다. 핸드폰으로 지도를 확인한 성혁이는 대충 걸어서 이십 분 정도 걸린다는 사실을 확인했다. 길이 하나뿐이라 헤맬 염려가 없다는 게 그나마 다행이었다.

달이 환하게 떠서 가로등이 없어도 걷는 데 아무런 지장이 없었다. 하지만 산으로 올라가면서 달빛이 가려지는 바람에 손전등 앱을 켜야만 했다. 산을 가로지르는 오르막길에는 별다른 표지가 없었는데 그게 더 무서웠다. 할머니는 겁이 나면 언제든 돌아오라고 했지만 성혁이는 마음을 굳게 먹었다.

'나 때문에 엄마 아빠가 고생하는 거 싫어. 그리고 진훈이한테도 미안하고.'

엄마 아빠 다음으로 생각난 것이 자기 때문에 교실에서 뛰어내린 진훈이었다. 할머니에게 혼이 나면서 잠깐이나마 진훈이의 심정이 어땠는지 생각해보게 된 것이다. 특히 아이들이 잔뜩 모여 있는 식당에서 그런 식으로 놀렸다는 사실이 차츰 부끄러워졌다.

"말을 먹는 귀신을 쫓아내겠어."

성혁이는 핸드폰으로 상하좌우를 비추면서 걸어갔다. 바람에 나뭇잎이 바스락거리는 소리 사이로, 부엉이가 길게 우는 소리가 들리면서 섬뜩한 기분이 들었지만 꾹 참았다. 산 정상에 이르자 다 쓰러져가는 표지판이 보였다. 그 위에 뭔가 앉아 있는 걸 본 성혁이는 그쪽으로 핸드폰의 불빛을 비췄다.

"새인가?"

하지만 빛에 드러난 것은 새가 아니라 눈동자였다. 붉게 충혈된 눈동자가 자신을 노려보자 성혁이는 너무 놀라서 핸드폰을 떨어뜨리고 말았다.

"으악!"

순식간에 어둠이 찾아왔고, 놀란 성혁이는 핸드폰을 주워서 다시 조명을 켰다. 다행히 표지판 위의 눈동자는 사라지고 없었지만 더이상 갈 용기가 나지 않았다.

“도, 돌아갈까?”

하지만 돌아가면 말을 먹는 귀신을 피해 할머니의 집에 계속 갇혀 있어야 한다는 사실이 떠올랐다. 자신의 잘못을 스스로 바로잡을 수 있는 기회라고 생각한 성혁이는 용기를 내기로 했다.

“귀신은 사람을 직접 해칠 수 없다고 했잖아.”

내리막길로 접어들자 불어오는 바람 소리가 심상치 않았다. 바람이 목덜미를 스치고 지나갈 때마다 소름이 돋았고, 뭔가 귓가에 속삭이는 소리 같은 것이 들렸다. 그것은 그동안 성혁이가 남들에게 했던 험악하고 거친 말들이었다.

“어이, 깜둥이!”

“공부도 못하는 게 어디서 까불어.”

“너 빌거지. 빌거 몰라? 빌라 거지라는 뜻인데.”

“아우, 김치 냄새. 하여간, 김치녀들.”

“진지충. 그만 좀 하셔!”

남에게 쏟아냈던 나쁜 말들이 고스란히 자신에게 돌아오자 성혁이는 견디기 힘들 정도로 고통스러웠다.

"제발 그만!"

두 손으로 귀를 막은 성혁이가 있는 힘껏 외쳤지만 메아리가 되어서 돌아올 뿐이었다. 눈물을 쏟으며 성혁이는 비틀거리며 주저앉았다.

"내가 잘못했다니까."

목소리들은 그냥 돌아가라고 속삭였다. 그 얘기를 들은 성혁이는 정신이 번쩍 들었다.

"아니야! 나는 말을 먹는 귀신을 쫓아내고 말 거야!"

그러자 목소리들이 순식간에 사라졌다. 한숨을 돌린 성혁이는 지금 와 있는 곳이 어딘지 확인하기 위해 핸드폰의 조명을 잠시 끄고 저장해둔 지도를 찾았다. 그 순간 갑자기 핸드폰 화면이 바뀌면서 글씨들이 좌르륵 떠올랐다.

[나라 망신이야. 저런 새끼는 죽었으면 좋겠어.]

[공기가 아깝다. 아까워.]

[알아보니까 별로 잘난 것도 없는 놈이던데 말이야.]

[신상 털자. 그놈이랑 가족들도 싹.]

[애미 애비가 문제지. 부모가 그따위니까 자식도 그 모양 아니겠어?]

[저딴 것도 사람이라고.]

포털사이트에 자신을 향해 달린 악성 댓글들이었다. 보면 볼수록 눈물이 나고, 가슴이 두근거렸다. 자신이 이 세상에서 가장 쓸모없는 사람인 것 같다는 자괴감과, 사람들이 당장이라도 나타나서 손가락질할 것 같은 두려움에 숨을 쉬기가 어려웠다. 자포자기하고 싶었던 그 순간, 마지막 시험이 있을 것이라는 할머니의 말이 떠올랐다. 아울러 자기가 했던 말이 상대방에게 어떤 식으로 들렸을지를 깨닫게 되자 죄책감에 가슴이 아파왔다. 눈물을 꾹 참은 성혁이는 핸드폰을 도로 집어넣고 남은 길을 터덜터덜 걸어갔다. 산을 벗어나자 다시 달빛이 나타나면서 주변이 환해졌다. 성혁이는 기운을 냈다.

"여기로만 쭉 가면 되는 거지? 가다가 오래된 나무가 있는 쪽 언덕으로 올라가면 되고."

할머니가 알려준 길을 기억하면서 계속 걷던 성혁이는 어둠 속으로 나뭇가지를 삐죽 내민 큰 나무를 발견했다.

"저기다!"

나무 옆으로는 포장이 되지 않은 흙길이 보였다. 야트막한 언덕으로 구불구불하게 이어져 있었는데 무서운 분위기가 느껴졌다. 핸드폰의 조명을 다시 켠 성혁이는 조심스럽게 걸음을 내디뎠다. 그러면서 계속 자신이 했던 말을 떠올렸다.

"말은 남에게 하는 건데, 그게 맞는지 틀리는지를 나 자신이 판단한 건 어리석었어."

자신의 말이 틀리지 않았다는 생각이 진훈이에게 상처를 줘서 극단적인 선택을 하게 만들었고, 엄마와 아빠를 고생하게 만들었다는 후회가 밀려왔다. 자신이 상처를 입은 것만 생각했지, 부모와 다른 사람들이 자신의 말 때문에 고통받을 수도 있다는 것을 아예 생각하지도 않았던 것이다.

후회하는 마음을 품은 채 흙길을 걷던 성혁이는 언덕 중간쯤의 묘지에 도착했다. 바람 소리도 들리지 않는 가운데 풀벌레 우는 소리만 조용히 들려왔다.

"여, 여기가 김언의 무덤이겠지?"

묘비석은 없었지만 할머니가 가르쳐준 위치에 정확하게 있었다. 핸드폰의 조명을 끄고 주머니에 넣은 성혁이는 메고 온 가방에서 부적을 꺼냈다. 그리고 부적을 태우기 위해 가져온 라이터를 찾느라 주머니에 손을 넣었다. 하지만 방금 넣은 핸드폰 때문에 라이터가 잘 잡히지 않았다.

"아이씨!"

짜증이 난 성혁이는 주머니를 뒤적거리느라 부적을 놓치고 말았다. 때마침 불어오는 바람에 부적은 펄럭거리며 날아가다가 나뭇가지에 걸렸다. 문제는 성혁이의 키보다 훨씬 높은 곳에 걸렸다는 것이었다. 그곳까지 달려간 성혁이는 난감했다.

"어쩌지?"

부적도 나뭇가지에 간신히 걸려 있어서 바람이 한 번만 더 불면 어둠 속으로 날아갈 것만 같았다. 고민하던 성혁이는 옆에 있는 나뭇가지를 손으로 꺾기로 했다.

"아얏!"

가시나무였는지 엄청 아팠지만 꾹 참고 나뭇가지를 휘어서 부러뜨렸다. 그리고 그걸로 나무 끝에 걸린 부적을 살살 끌어당기려 했다. 거의 닿으려던 순간 귓가를 스치며 바람이 다시 불었다.

"안 돼!"

들썩거리던 부적이 날아가려는 찰나, 성혁이가 들고 있던 나뭇가지의 가시에 부적이 살짝 걸렸다. 황급히 손을 끌어내린 성혁이는 반대편 손으로 부적을 움켜잡았다. 손에서 피가 나는지 화끈거렸지만 개의치 않고 무덤 앞으로 갔다. 또다시 실수하지 않기 위해서 조명을 켠 핸드폰을 입에 문 채, 그 빛에 부적을 비추며 라이터를 꺼내서 불을 붙였다. 그리고 어둠 속에 있는 김언의 무덤을 지그시 바라봤다.

“말을 먹는 귀신아! 내 곁에서 떠나렴. 사람들을 괴롭히지 말고 저승으로 돌아가!”

반쯤 탄 부적이 하늘로 올라가서 재로 변하는 와중에 무덤에서 하얀 연기 같은 것이 나와서 어둠 속으로 사라지는 것이 보였다. 그 순간, 마음이 홀가분해진 성혁이는 저도 모르게 안도의 한숨을 쉬었다.

무덤을 등지고 돌아선 성혁이는 할머니의 집으로 돌아가기 위해 왔던 길을 되짚어갔다. 그리고 잠시 주저하다가 핸드폰을 꺼내서 한섭이에게 문자를 보냈다.

자니?

공부중이야. 한밤중에 웬일?

진훈이 광진 병원에 입원한 거 맞지?

맞아. 가서 테러라도 하게?

가서 미안하다고 하려고.

웬일이야? 사과할 생각을 다 하고.

잘못했으니까.
사과하고 용서를 빌어야지.

한참 동안 말이 없던 한섭이가 놀라는 모양의 이모티콘과 함께 답을 보내왔다.

우와! 멋지네. 잘 생각했어.

돌아가서 보자. 너한테도 미안하다.

야! 인터넷 보지 마라.

뜬금없이 왜?

웬만하면 보지 마.
거기 악플들이 장난 아니야.

이미 다 봤어. 그러니까 반성한 거지.

진짜 사람됐네. 아무튼 돌아와서 보자.

성혁이는 핸드폰을 주머니에 넣고는 걸음을 재촉했다. 어둡지만 길이 분명히 보였다.

별로 말하고 싶지 않은 기분

김이환

편리가 우주철에서 내릴 때 콘트랙트 시티를 소개하는 인공지능 우팔리의 안내 방송이 들려왔다.

인류가 우주로 진출한 이후, 지구와는 다른 환경의 여러 외계 행성에 적응하면서 각자의 환경에 맞는 색다른 문화를 발전시켰습니다. 서로 다른 문화를 인정하고 존중하는 것만이 다 같이 생존할 방법이라고 판단한 인류는, 각자의 개성 강한 문화를 유지하고 발전시켜나갔습니다. 이제 우주에는 수많은 특징을 가진 다양한 도시들이 존재합니다. 우리 도시 또한 마찬가지입니다. 무엇이든 솔직하게 말하는 도시, 콘트랙트 시티에 오신 것을 환영합니다.

콘트랙트 시티는 '솔직한 도시'라는 별명으로 우주에서 유명했고 편리도 잘 알고 있었다. 중학교 2학년인 편리가 올 만한 도시가 아니기도 했다. 편리 역시 우주철에서 내리고 싶지 않았지만, 검표원 로봇이 내리라고 해서 어쩔 수가 없었다. 우주철 표에 문제가 있으니 내려야 한다고 로봇이 말했을 때 편리는 상당히 당황했다. 표에 아무 문제 없다고 항의해도, 내려서 역무실에서 확인한 다음 다시 타라고, 아니면 벌금을 물리겠다고 로봇이 으름장을 놓아서 어쩔 수가 없었다.

우주철 정거장 창문 밖으로, 거대한 건물이 빼곡히 늘어서 있고 수많은 우주선이 하늘을 날아다니는 콘트랙트 시티의 풍경이 보였다. 콘트랙트 시티는 우주에서도 손꼽히는 수준의 발달한 도시였고, 고층빌딩이 많다못해 도시 전체를 하나의 거대한 건물로 봐도 될 정도였다. 작고 가난한 도시인 편리의 고향 에스피 시티와 달랐다. 역 안도 넓었기 때문에 로봇이 말한 역무실이 어딘지 찾기 쉽지 않았다. 편리는 지나가는 사람을 붙잡은 다음 스마트패드에 글자를 써서 보여주었다.

— 실례합니다. 역무실을 못 찾겠는데, 어딘지 알려주실 수 있으세요?

"나는 바빠. 인공지능에 물어봐."

가려는 남자를 붙잡고 편리는 다시 글자를 써서 보여주었다.

— 인공지능 없어요.

남자는 걸음을 멈추고는 어이가 없다는 표정으로 편리를 내려다보았다.

"인공지능도 없이 콘트랙트 시티에 왔다면 너는 천하에 둘도 없는 바보지 뭐냐."

예의 없는 말이지만, 맞는 말이었다. 콘트랙트 시티처럼 크고 복잡한 도시에서 생활하려면 인공지능의 도움이 필요하니까. 편리는 남자의 차가운 태도에 겁도 나고 화도 났지만, 뭐든지 솔직히 말하는 도시 콘트랙트 시티 사람이니까 그런 것이라고 이해하기로 했다. 예의 없는 말투 정도는 외부 사람인 편리가 참아야 했다.

남자는 다시 말했다.

"나는 바빠. 저기 오는 젊은 사람이 한가해 보이니까 저 사람한테 물어봐."

남자가 몇 걸음 떨어져 있지도 않은 사람을 손가락으로 가리키며 말하자, 그가 남자를 보며 버럭 화를 냈다.

"내가 한가해 보인다고? 눈을 어디다 달고 다니는데 걸어가면서 통화하는 사람한테 한가해 보인다고 말해?"

황당하게도 남자는 사과는커녕 그에게 더 당당하게 말했다.

"나보다 한가해 보이니까 한가하다고 하지. 나는 지금 걸어가면서 다섯 명하고 동시에 통화한 다음, 삼천 장 분량의 계약서를 검토하는 회의에 참석하고, 그다음 다시 다섯 명과 통화할 예정이라고."

"콘트랙트 시티에서 회의중이지 않은 사람이 어디 있어? 나는 지금 세 명과 통화하면서 회의중이고 회의가 끝나면 ……"

"셋이면 다섯보다 적네. 인공지능도 없는 이 가난한 아이한테 길이나 알려줘."

그렇게 말하고 남자는 가버렸다. 젊은 남자는 편리를 옆에 둔 채로 통화하다가 한참 후에나 말을 걸었다.

"꼬마야, 뭘 알려달라고 했지? 인공지능 할인 판매점?"

스마트패드에 '역무실'이라고 써서 보여주자, 그가 되물었다.

"왜 말로 안 해? 말할 줄 몰라?"

— 설명하려면 길어요.

"긴 설명이 귀찮으면 인공지능을 샀어야지. 인공지능이 대신하라고 했으면 되잖아. 정거장의 안내 로봇을 부를 테니 로봇이 오면 따라가라."

그러고 남자는 가버렸다. 다행히 남자가 호출한 안내 로봇이 금방 도착해서 편리는 로봇을 따라 역무실로 걸었다. 그동안 안내 로봇이 콘트랙트 시티의 독특한 문화를 설명했다.

"콘트랙트 시티는 금융업이 발달한 도시입니다. 우주의 수많은 회사가 이곳에 와서 업무를 처리합니다. 도시가 처음 발전할 때, 사람들은 원하는 조건을 솔직하게 말해서 빠르고 정확하게 계약을 마치는 문화를 만들었고, 이것이 도시의 개성으로 자리잡았습니다. 이후 콘트랙트 시티 사람들은 늘 솔직하게 말했고, '솔직한 도시'라는 별명으로도 유명해졌죠. 이곳에서는 예의나 선의의 거짓말, 또는 돌려서 말하는 점잖은 표현을 사용하지 않고, 원하고 느끼는 바를 대놓고 말합니다. 가끔 사람들이 냉정하게 대하더라도 원래 말투가 그럴 뿐, 상처주려는 의도는 아니니까 이해해주세요."

편리도 콘트랙트 시티가 어떤 곳인지 잘 알고 있었다. 하지만 실제로 겪는 건 또 달랐다. 사람에게 대놓고 가난하다느니, 한가해 보인다느니, 멍청하다느니 하는 말을 들으니 기분이 좋지 않았다.

로봇을 따라 도착한 역무실에도 솔직하게 감정을 표현하는 사람들이 모여 있었다. 그러니까, 사람들이 역무원 로봇을 향해 고함을 지르고 있었다.

"소행성대를 지나가지 않는다고 했는데 지나갔잖아. 날아오는 소행성에 부딪혀서 우주철이 온통 흔들리는 바람에 바지에 커피를 쏟았다고. 세탁비를 변상해야 할 거 아냐?"

"아뇨, 소행성대를 지나간다고 분명히 공지했습니다. 커피를 마시지 말았어야죠."

역무원 로봇 역시 전혀 당황하지 않고 같이 사람에게 고함쳤는데, 편리가 사는 에스피 시티에서는 보기 드문 광경이었다. 에스피 시티는 아무리 화가 나도 점잖게 예의를 갖춰서 말해야 한다고 어렸을 때부터 배우기 때문이었다.

"내 인공지능이 안 지나간다고 했다니까."

"인공지능이 거짓말했나보죠."

"그럴 리가 없잖아. 인공지능은 거짓말을 안 한다고."

"그럼 고객님 인공지능은 인공지능인 척하는 사람인가보죠. 다음 분!"

그런 인공지능이 어디 있냐는 항의도 보람 없이 다음 사람이 끼어들었다. 그 뒤로도 다양한 사람들의 불평이, 표를 샀는데 포인트가 제대로 적립 안 됐다는 사람, 우주철이 삼 분 늦게 도착해서 약속에 늦는 바람에 계약이 한 달 뒤로 미뤄졌다는 사람, 진행 방향으로 앉기 싫었는데 자리가 없었다는 사람 등등이 외치는 불평이 쏟아졌다. 로봇은 안 된다고 딱 잘라 말하고 하나하나 돌려보냈다. 편리의 차례가 얼마 안 남아서, 곧 표를 확인하고 아수라장인 역무실을 벗어나 우주철에 탈 수 있겠구나 안도하고 있을 때였다. 로봇이 말했다.

"지금부터 점심시간입니다. 점심시간중에는 업무를 하지 않으니 한 시간 후에 오세요."

기다리던 사람들이 일제히 고함을 질렀다. 이렇게 기다렸는데 잠깐 처리도 못해주냐면서 지금까지 화를 낸 것과는 비교도 되지 않게 큰 아우성이었다. 누군가가 거의 우는 목소리로 말했다.

"먹지도 않는 로봇이 무슨 점심시간이야!"

하지만 로봇도 점심시간에 할일이 많다며 버럭 화를 내더니 어딘가로 가버렸고, 사람들이 계속 소리쳐도 로봇이 다시 돌아오거나 다른 로봇이 와서 업무를 볼 것 같지 않았다. 대기표를 들고 머뭇거리던 편리는 역무실을 나왔다.

한 시간을 기다려야 한다니…… 빨리 학교에 가야 하는데 큰일이었다. 표에는 아무 문제도 없는데 애초에 우주철에서 내리지 말 걸 그랬나 후회했지만 이미 늦은 다음이었다.

역 안의 벤치에 앉아서 시간이 가기를 기다리던 편리는, 역무실에서 할말을 스마트패드에 미리 적었다.

— 우주철 표 때문에 문의드립니다. 저는 에스피 시티에 사는데, 우리 도시는 '나누는 도시'라는 별명으로도 알려져 있습니다. 에스피 시티에서는 사람들이 재산을 공동으로 소유합니다. 식량도, 생필품도 배급받아서 씁니다.

저는 중학생인데 고등학교를 다른 도시에서 다닐 계획이어서, 정부에서 지원받은 우주철 표를 사용하여 우주철을 타고 고등학교에 오리엔테이션을 들으러 가던 중이었습니다. '나누는 도시'인 만큼 우주철 표도 도시에서 직접 사서 줍니다. 표를 에스피 시티가 샀기 때문에 표가 에스피 시티의 소유로 되어 있습니다.

그런데 우주철에서 검표원 로봇이 제 표를 검사하더니 '정편리'가 아니라 '에스피 시티'의 표라면서 우주철에서 쫓아냈어요. 제 표가 맞습니다. 모든 재산을 공동으로 소유하는 도시인 만큼 구매자가 제 이름이 아닌 에스피 시티로 되어 있을 뿐이에요. 관련 서류도 있으니 원하면 보여드리겠습니다.

이렇게 쓰면 역무원 로봇도 이해하겠지. 하지만 한 시간을 더 기다려야 했다. 뭐 하면서 시간을 보낼까? 가만히 앉아서 기다릴까 아니면 돌아다닐까. 우주철 역은 정말 커서, 식당도 놀이시설도 상점도 뭐든지 다 있었고 한 시간이야 얼마든 즐겁게 보낼 수 있었다. 문제는 전부 비싸다는 점이었다.

"그래도 싼 음료 한잔은 마셔도 되지 않을까."

편리는 중얼거리다가 얼른 입을 다물었다. 오늘 하루 동안은 말을 하지 않기로 했는데 자꾸 잊어서 큰일이었다.

편리는 음료라도 한잔 사 마시면서 기다리자고 결심했다. 도시에서 받은 돈이 있고, 어디에 썼는지 사용 내역을 제출할 의무도 없으니 음료쯤은 사도 괜찮을 것이다. 주변을 돌아다니다가 '24시간 우주 여행'이라는 알 듯 모를 듯한 이름의 작은 식당을 발견했는데, 밖에서 보니 가격도 저렴해서 안으로 들어갔다.

큰 덩치의 직원 로봇이 말을 걸었다.

"뭘 드릴까요?"

스마트패드에 스페이스 워터를 한잔 달라고 쓴 다음, 스마트패드로 결제를 끝내고 자리에 앉았다. 그런데 로봇이 갑자기 질문을 쏟아냈다.

"왜 글자로 써서 말을 해요? 말을 못해요? 말을 못하면 인공지능을 시키면 되잖아요. 글자로 번거롭게 쓰는 것보다 훨씬 좋은 방법을 열 가지는 더 생각해낼 수 있겠군요. 이유가 뭐예요?"

'설명하자면 복잡해요'라고 스마트패드에 써서 보여주자, 로봇이 되물었다.

"그럼 간단하게 설명해봐요."

편리는 기가 막혔지만, 여기는 솔직한 도시니까 이런 일도 일어나는 것이다. 한동안 가장 간단한 설명을 궁리한 다음 대답을 썼다.

— 그냥 말하고 싶지 않은 기분이라서 그래요.

"말하고 싶지 않은 기분이라니, 정말 중학생답군요. 중학생인 건 어떻게 알았냐고요? 결제 정보로 알았죠. 중학교 2학년이고 에스피 시티 출신이고요. 정말 이상한 결제 방식이군요. 도시 중앙은행에서 직접 결제한다고? 무슨 은행 카드가 이래요?"

로봇이 음료를 컵에 붓고 얼음을 넣고 빨대를 꽂는 동안, 편리가 에스피 시티에는 사유재산이 없어서 그렇다고 설명했다. 로봇이 시큰둥하게 말했다.

"정말 멍청한 방식이군요. 재산을 공유한다고? 내 돈을 내 맘대로 쓰지도 못하는 거잖아요. 만약 더 쓰고 싶으면 어떡해요? 새 옷이나 새 자동차나 새 의자가 갖고 싶다면?"

로봇이 편리가 앉아 있는 의자를 가리키며 물어서, 편리는 대답했다.

— 도시에서 집마다 옷과 자동차와 의자를 주니까 굳이 새로 살 필요 없어요.

"쓰고 있던 의자가 고장나면요?"

— 그럼 새 의자를 가져도 되죠.

"고장나지 않았는데 고장났다고 거짓말하고 새 의자를 달라고 하면?"

— 고장났다는 증명 서류를 내야 해요.

"정말 번거롭군요. 의자를 사고 싶은 사람은 사고, 말고 싶은 사람은 마는 게 가장 편한데."

잡다한 절차는 로봇이 대신 처리해줘서 어렵지 않다고 말하자, 여전히 시큰둥하게 말했다.

"음료 사 마시는 것도 고장난 의자 보고하듯이 다 보고해요?"

— 그렇게까진 안 해도 돼요. 그래도 돈을 낭비하면 안 되지만요.

정말 원하지 않던 상황이었다. 한 시간 동안 조용히 있다가 떠나고 싶었는데, 로봇이 이것저것 캐물을 줄 몰랐다. 에스피 시티의 로봇은 보통 친절하고 조용했지 이 로봇처럼 시끄럽게 참견하지 않았다. 괜히 식당에 들어왔나? 하지만 기왕 스페이스 워터를 주문했으니 편리는 좀더 앉아 있고 싶었다. 에스피 시티에는 스페이스 워터가 없었기 때문에 밖에서 마셨다고 하면 친구들이 편리를 부러워할 것이다. 스페이스 워터는 여덟 종류의 과일 맛이 한꺼번에 나는 보라색 음료인데, 얼음을 넣어서 마시니 더 맛있었다.

식당 문이 열리고 새 손님이 들어왔다.

"점심시간인데 손님이 이렇게 없다니 장사가 어지간히 안 되는군."

불평하면서 들어온 손님은 정장을 입고 한 손에는 서류 가방을 든 아주머니였다. 굳이 그런 말을 하면서 들어오다니, 듣는 편리가 불편할 정도로 황당했는데 로봇은 신경도 쓰지 않아서 그것도 황당했다.

로봇이 편리를 가리키며 말했다.

"손님, 여기 이 중학생 좀 보세요. 어느 웃기는 도시에서 왔는지 물어봐요. 아니, 이름부터 한번 물어보세요."

"너는 누구냐? 왜 점심시간에 혼자 있어? 어린아이라면 점심시간에 음식이 맛없다고 투정하면서 부모나 선생님이나 급식 담당 로봇을 괴롭히고 있어야지. 네 이름이 뭔데?"

'편리'라고 대답하자 아주머니는 웃음을 터뜨렸다.

"편리라고? 무슨 이름이 그래?"

— 내가 사는 도시에서는 흔한 이름이에요.

"너희 도시 사람들은 이상한 이름을 짓지 말라고 도시에서 정책적으로 교육해야겠구나. 말은 또 왜 안 하고 낡은 스마트패드에다가 쓰고 있어?"

편리가 설명하기도 전에 로봇이 말했다.

"말하고 싶지 않은 기분이래요."

"말하고 싶지 않은 기분이라고? 얼씨구, 정말 중학생답군. 하고 싶은 말은 다 하고 살아야지. 콘트랙트 시티에서는 누가 무슨 말을 해도 뭐라고 안 해. 기왕 온 김에 스트레스 풀고 가. 콘트랙트 시티에 온 사람은 처음엔 사람들의 막말에 스트레스를 받지만, 사흘만 지나서 적응하면 자기들도 막말하면서 스트레스를 풀지. 다시 사흘이 지나면 다른 사람의 막말을 이기지 못해서 스트레스를 받지만 말이야. 그래서 이 도시에는 엿새만 있어야 해."

아주머니와 로봇은 껄껄 웃었지만, 편리는 전혀 우습지 않았다. 막말해서 스트레스를 풀면 그게 뭐가 좋다는 건가? 그렇게 서로 막말을 하다가 결국 또 스트레스를 받는 거잖아. 로봇은 편리의 고향 도시에서는 재산을 다 나눈다고 아주머니에게 일러바쳤고, 이번에는 아주머니가 편리를 놀리기 시작했다.

"재산을 나눈다고? 다 나눠? 정말로? 나라면 어른이 되기 전에 도시를 떠날 거다. 어렸을 때야 누가 먹을 걸 가져다주면 좋겠지만, 어른이 돼서 벌기 시작하면 생각이 달라질걸."

그건 어른들도 가끔 하는 말이었다. 어렸을 때야 재산을 나눠서 좋지만 크면 생각이 달라진다고. 하지만 편리는 에스피 시티가 좋았다. 적어도 여기처럼 아무나 붙잡고 험담을 해서 난감하지는 않은 곳이니까.

처음 에스피 시티를 만든 사람들은 우주선을 타고 새로운 별을 찾아 떠난 모험가들이었는데, 도착한 행성의 환경이 좋지 않아 정착하는 데 긴 시간이 걸렸고 그동안 척박한 환경에서 힘들게 버텨야 했다. 살아남는 방법은 모두가 재산을 공유하면서 아껴 쓰는 길밖에 없었고, 도시가 완전히 자리를 잡은 다음에도 같은 문화를 유지했다. 물자가 부족한 가난하고 작은 도시였으므로 항상 배급을 두고 신경전이 벌어지기 마련이었다. 누구는 좋은 옷을 받았는데 누구는 받지 못하고, 누구는 식량 배급을 먼저 받지만 다른 사람은 나중이고, 누구는 고장이 난 자동차를 정부에 요청해 새 걸로 받았는데 누구는 신청이 거절된다면 당연히 신경이 날카로워지기 마련이었다.

그럴 때마다 갈등과 싸움이 없도록, 화를 내며 상대방을 공격하거나, 험담하거나, 질투해서 거짓말하는 행위를 엄격하게 금지했다. 서로 나누는 도시의 문화를 해치는 말을 하면 안 된다고 어렸을 때부터 배웠고, 이를 어기면 처벌을 받을 수도 있었다. 마음에 들지 않는다고 소리지르거나 비웃는 콘트랙트 시티 사람들이 편리에겐 정말 이상해 보였다. 그런데 지금은 사람들이 다 편리를 이상하다고 하는 것이다.

편리는 로봇도, 아주머니도 상대하기 싫었다. 하는 행동이 중학생 같다느니, 이름이 이상하다느니, 도시가 바보 같다느니 같은 말을 듣고 싶지 않아서 얼굴을 쳐다보지 않으려 했는데, 두 사람이 편리를 가만히 두지 않았다.

주문한 음식을 맛본 아주머니가 형편없다고 불평하기 시작했다.

"음식 한번 엉망진창이군. 로봇이 만들었으니 어지간하겠어. 꼬마야, 차라리 네가 먹어라. 네 나이 때는 뭐든지 다 맛있으니까."

아주머니가 편리 쪽으로 접시를 밀어놓았다. 편리가 보기엔 맛있을 것 같았고 로봇도 아주머니의 말에 화를 냈다.

"나는 인간보다 삼십 배는 더 뛰어난 미각이 있으니 요리가 맛이 없을 수 없어요."

로봇의 말에 아주머니는 코웃음 쳤다.

"그래서 혀가 있어? 있으면 내밀어봐. 없잖아? 혀도 없는 주제에 삼십 배의 미각은 무슨. 음식이란 건 향도 중요하고 씹는 맛도 중요하고…… 아무튼, 다른 중요한 요소가 많이 있어. 가게 완전히 망하기 전에 내 말 새겨듣도록 해."

로봇이 음식이 정말 맛없는지 편리에게 평가해달라고 말해서, 편리는 한입 먹었다. 빵에 달걀과 햄과 토마토와 아보카도를 얹은 샌드위치였는데 맛있었고, 적어도 못 먹겠다고 불평할 만한 맛은 아니었다. 편리가 맛있다고 인정하자 로봇이 그것 보라고, 아주머니가 이상한 거라고 말해도 아주머니는 신경쓰지 않고 당당하게 말했다.

"시끄럽고, 물이나 한잔 줘."

편리가 얼떨결에 남의 식사를 얻어먹는 동안 아주머니는 옆에서 물만 벌컥벌컥 마셨다. 아주머니가 밖을 가리키더니 말했다.

"저 꼴 좀 봐."

가게 유리창 밖에서, 양복을 입고 서류 가방을 든 아저씨가 왔다갔다 걸어 다니면서 통화하고 있었다. 정확히는 모르겠지만 표정을 봐서는 아마 상당히 화가 난 것 같았다. 아주머니가 우습지 않냐고 편리와 로봇에게 말하면서 아저씨를 비웃었다.

"전화할 때 제자리에서 왔다갔다하는 사람이 제일 꼴불견이야. 세상에서 제일 중요한 전화라도 받는 것처럼 부산하게 돌아다니는 꼴이라니, 그러면 뭐가 달라지나? 괜히 숨이나 더 찰 뿐이지. 보나 마나 중요한 통화도 아니고 아무 쓸데 없는 잡담중이겠지."

아주머니의 말에 로봇이 깔깔 웃었고, 둘은 한참이나 험담을 이어갔다. 편리는 어이가 없었다. 도대체 아무 상관 없는 사람 흉은 왜 보는 거야? 그냥 가게 밖을 지나가던 사람을 험담해서 무슨 소용이 있나? 게다가 걸어 다니면서 전화받는 게 험담할 일이기나 한가?

그런데 아저씨가 문을 벌컥 열고 들어와서 이렇게 말했다.

"이봐요! 목소리가 밖에서 다 들리니까 남의 험담 할 때는 크게 하지 맙시다."

그러자 아주머니는 사과는커녕 오히려 더 뻔뻔하게 말했다.

"다 들렸다고? 우리가 하는 말을 다 들었어요? 그런데도 꼴사납게 한자리를 빙빙 돌면서 전화를 받아요?"

"전화할 때라도 걸어야 운동이 될 거 아닙니까."

로봇이 아저씨에게 뭘 주문하겠냐고 묻자, 아주머니가 편리 앞에 있는 접시를 가리키며 참견했다.

"이건 절대로 시키지 말아요."

"이렇게 손님이 없는데 맛은 바라지도 않아요. 이봐 로봇, 아무거나 줘."

로봇이 음식을 만드는 동안, 아저씨는 신발 가게에 항의 전화를 걸었다고 누가 물어보지도 않았는데 설명했다. 어제 신발을 샀는데 끔찍하게 불편해서 환불하려고 전화했더니 가게 직원이 절대 안 된다고 우겨서 한참 화를 냈다고 했다. 그러자 아주머니가 아저씨를 비웃었다.

"샀을 때 신어보고 샀을 거 아녜요. 그러면 잘못 산 사람 탓이네. 그냥 신어요. 입은 옷 중에서 신발이 가장 멀쩡해 보이는데."

"아니, 바꿀 거예요. 발가락이 아파서 아무것도 못하겠어요."

그러자 로봇이 아저씨 앞으로 음식을 내려놓으며 말했다.

"발가락이 있다니 참 안됐군요."

아저씨는 화를 냈다.

"쇳덩이 주제에 입만 살아서는. 이 음식은 또 뭐야? 희끄무레한 돌덩어리를 접시에 올려놓은 것 같잖아. 이걸 먹으라고?"

"단백질 큐브예요. 몸에 좋은 성분만 있는 훌륭한 음식이에요. 아무거나 달라고 해놓고선 왜 화를 내요?"

아저씨가 계속 화를 내며 말했다.

"이딴 걸 먹느니 내 발을 뜯어먹겠다. 멍청한 로봇 같으니, 인터넷에 음식은 맛이 없고 로봇은 멍청하다고 리뷰를 올릴 테니 그렇게 알아."

"이미 올라가 있으니 걱정하지 마세요."

로봇도 지지 않고 대꾸했다. 아저씨는 단백질 큐브가 담긴 접시를 아주머니에게 넘겼고, 아주머니는 다시 편리에게 넘겼다. 막 아주머니가 주문한 음식을 다 먹은 편리 앞에 손도 대지 않은 새 접시가 또 놓인 것이다. 단백질 큐브는 편리도 학교에서 가끔 급식으로 나와 먹어보았는데, 보기에는 이상해도 맛있고 소화도 잘돼서 간편하게 먹기 좋은 음식이었다. 편리가 단백질 큐브를 먹는 모습을 보고는 아저씨가 투덜투덜 불평을 늘어놓았다.

"정말 아무거나 다 잘 먹는구나, 나도 저 나이 때는 먹는 것밖에 몰랐을까?"

계속 불평하는 말을 듣자니 편리는 머리가 아팠다. 어른들의 대화에 끼고 싶지 않았지만, 당연히 로봇과 아주머니가 그랬던 것처럼 아저씨도 편리를 가만두지 않았다. 무슨 도시 출신인지, 이름은 왜 이상한지, 말은 왜 안 하는지를 캐물었고, 편리는 질문에 하나씩 대답하다가도 내가 이런 걸 왜 설명하지, 하는 생각에 짜증이 치솟았다. 정말 귀라도 틀어막고 싶은 심정이었다. 하지만 계속 설명하다보니 왜 우주철을 타고 콘트랙트 시티까지 오게 됐는지 다 털어놓게 되었다.

— 고등학교를 알아보려고 우주철을 타고 가던 중에 잠깐 내렸어요.

편리는 어른이 되면 건축 설계사가 되고 싶은데, 에스피 시티에는 건축을 전공할 수 있는 대학이 없어서 다른 도시로 가야 했다. 다른 도시의 대학에 가려면 고등학교도 에스피 시티가 아닌 다른 도시에서 다녀야 했기 때문에, 어느 고등학교에 다닐지 직접 방문해서 알아보던 중이었다. 아주머니가 말했다.

“고등학교는 집에서 인터넷으로 졸업해도 되잖아. 고등학교까지는 집에서 다녀. 돈이 많이 드니까. 고등학교 졸업하고 도시를 떠나서 대학에 가도 돼.”

아저씨도 거들었다.

“건축 설계 하지 마. 그런 힘든 일은 인공지능이 해야지. 우리처럼 금융업에 종사해라. 그게 최고야. 돈도 많이 벌고 일도 편하고 말이지.”

편리는 아저씨의 말이 별로 믿어지지 않았지만, 그냥 그러려니 하고 대충 고개를 끄덕였다. 아저씨는 쉬지 않고 말했다.

“그나저나 너 정말 많이 먹는구나. 이봐 로봇, 스페이스 워터 하나 더 꼬맹이한테 줘.”

편리가 안 줘도 된다고 얼른 거절하자, 아저씨가 말했다.

"마시고 싶은 얼굴이면서 거짓말하지 마. 여기서는 거절할 필요 없어. 먹고 싶으면 그냥 달라고 하면 돼. 예의상 거절하고 그럴 필요 없는 도시야. 편하지? 예절을 지킬 필요 없잖아."

아저씨의 말대로 그건 편했다. 음식이 맛이 없는데도 예의상 맛있다고 말하거나, 혹은 선물받을 때 괜히 거절하는 절차가 성가실 때도 있으니까. 이곳에서는 예의를 차릴 필요가 없는 것이다. 편리는 단백질 큐브를 다 먹고 스페이스 음료까지 한잔 더 마신 다음 배가 불러서 더는 도저히 못 먹겠다고 솔직하게 말했고, 그러자 아주머니도 아저씨도 더 권하지 않았다.

두 사람은 다른 맛있는 음식점에서 식사하겠다고 로봇에게 당당하게 말한 후 가게를 떠났다. 문을 나서며 아주머니는 편리에게 "고등학교는 집에서 다녀"라고 다시 한번 말했고, 아저씨는 "건축가는 하지 말아라"라는 말을 인사랍시고 남기고 가버렸다.

"정말 이상한 손님들이야."

로봇은 두 사람이 나가자마자 험담을 시작했다. 정말 저렇게 불평 많은 손님은 처음이라는 말에 편리도 웃음이 나왔지만, 곧 자신이 가게를 나가면 로봇이 험담하겠지 생각하니 마음이 편하질 않았다. 그렇다고 가게에서 나가지 않을 수도 없었다. 점심시간이 거의 다 지났기 때문에, 로봇에게 식사 잘 먹었고 고맙다고 스마트패드에 써서 인사하고 가게를 나가려는데 로봇이 말했다.

"고맙다고 할 필요 없어요. 이곳에서는 예의상 하는 말은 안 해도 되잖아요. 잊지 말아요."

ㅇ~~~~~×

편리가 우주철 역무실로 돌아오자, 이번에도 어김없이 손님들이 역무원 로봇과 싸우고 있었다.

"왜 당장 해결이 안 된다는 거야?"

사람들이 점심시간 동안 기다리느라 힘들었다고, 각자 자기 일부터 먼저 해달라며 화를 내고 있었다. 편리는 조용히 로봇이 자신의 이름을 부르길 기다리다가, 차례가 되자 스마트패드를 로봇에게 건네서 미리 써둔 글을 보여주었다. 로봇이 스마트패드를 받아들고 글을 읽는 동안, 역무실 안에 있는 사람들의 시선이 전부 편리의 뒤통수에 꽂히는 것 같아 기분이 좋지 않았다. 왜 말을 안 하는지, 왜 자신들처럼 소리지르면서 항의하지 않고 조용히 있는지, 왜 콘트랙트 시티 사람도 아닌 것 같은 어린아이가 역무실에 있는지 궁금해하는 분위기였다. 괜히 돌아보기라도 했다가 이런저런 질문이 날아올까봐 편리는 그냥 가만히 로봇만 보고 있었다.

편리의 글을 읽은 로봇이 말했다.

"서류도 보여주시죠."

편리는 에스피 시티가 표를 구매했음을 증명하는 영수증을 스마트패드에서 찾아 보여주었다. 로봇은 영수증을 확인한 다음 티켓을 다시 출력해서 편리에게 주었다.

"티켓 검사할 때 이걸 보여주세요. 다음 분!"

한 시간을 기다린 일이 간단하게 끝났다. 편리가 역무실을 나가려는데, 사람들이 일제히 소리쳤다.

"저 꼬마 일은 빨리 처리하면서 왜 나는 늦게 해줘?"

편리는 괜히 싸움의 불똥이 튈까봐 얼른 역무실을 나왔다. 식은땀을 흘리며 승강장으로 돌아왔고, 우주철 도착 시각을 확인했다가 다시 좌절했다. 편리가 탈 우주철이 사십 분이나 지나야 도착할 예정이기 때문이었다. 점심시간 한 시간에다가 또 사십 분을 더 낭비하다니…… 한숨을 쉬며 승강장에서 나와서 역 안을 돌아다녔다. 오가는 사람들은 다들 아주 바빠 보였고, 한시도 낭비할 마음이 없는지 부지런히 걸어서 어디론가 가버렸다. 편리는 그 틈에서 이리저리 목적도 없이 돌아다녔다. 그러다 정거장 입구 근처에서 콘트랙트 시티를 안내하는 홀로그램 영상이 있는 것을 발견하고 멍하니 지켜보았다.

인공지능이 홀로그램 영상으로 벽에 여러 이미지를 펼쳐 놓으면서 콘트랙트 시티에 처음 오는 사람들에게 우주철과 도시를 설명하고 있었다.

처음 인류가 우주로 진출할 때, 사람들은 좁고 느린 우주선에 갇혀서 목적지에 도착할 날만을 하염없이 기다리곤 했습니다. 불편한 우주선으로 여행하고 싶지 않았던 사람들을 위해, 우주선 설계자들은 어떻게 해야 안락한 우주선을 만들 수 있을지 고민했습니다. 우주철은 그 고민을 통해서 만들어졌습니다. 당시 대중교통이었던 지하철과 비슷한 디자인의 우주선을 만든 것이죠. 설계자들은 우주선에 '우주철'이라는 이름을 붙였고, 사람들은 기차를 타고 편하게 여행하듯 우주로 갈 수 있게 됐습니다. 우주철은 이후로도 개선을 거듭해, 긴 세월이 흘러 기차나 지하철이 역사 속으로 사라진 지금도 우주에서 가장 대중적인 교통수단으로 애용되고 있습니다.

홀로그램 영상의 내용 중 틀린 것이 하나 있었다. 지하철은 사라지지 않고 여전히 에스피 시티에서 사용중이었다. 자동 운행 차량이 다른 운송수단을 대체한 다른 도시에서는 이미 없어져버렸지만 에스피 시티처럼 가난한 도시에서는 여전히 사람들이 지하철을 타고 다녔다. 식당에서 그런 말을 했었다간 온갖 놀림을 들었을 것이다.

뒤이어 인공지능이 도시의 구조를 설명했다.

> 콘트랙트 시티는 항성을 둘러싼 거대한 구조물 위에 설립한 도시입니다. '다이슨 스피어'라는 이름으로도 잘 알려져 있습니다. 항성을 둘러싼 거대한 크기의 발전소를 만든 다음, 그 위에 도시를 세워서 이 발전소의 전기를 도시 사람들이 사용합니다. 필요한 자원 역시 주변의 행성과 소행성에서 채굴합니다.

그러니까 콘트랙트 시티는 행성 크기의 도시인 셈이었다. 편리가 사는 에스피 시티는 상대적으로 작은, 3만 명 정도 거주하는 도시였다. 지금은 작지만, 에스피 시티도 곧 큰 도시를 건설할 계획이었다. 만약 편리가 자라서 건축가가 된다면 도시 디자인에도 참여할 수 있을 것이다. 콘트랙트 시티처럼 크고 한번 지으면 몇 천 년 후에도 남을 어마어마한 구조물을 디자인하는 것이다. 그게 편리의 꿈이었다.

정말 그날이 올까, 생각하던 편리의 스마트패드로 문자 메시지가 왔다. 친구 민트가 보낸 메시지였다.

아직도 말 안 하고 있어?

응.

우주철 기다리는 지루함을 덜겠구나 싶어 편리는 얼른 답장을 보냈다. 민트는 우주선 설계에 관심이 많았는데, 우주선 설계와 건축 설계는 비슷한 점이 별로 없었지만 아무튼 설계라는 관심사가 같아서 친구가 됐다. 민트도 편리와 같은 고등학교에 다니면 좋겠지만, 에스피 시티에는 우주선 설계를 전공할 수 있는 대학이 이미 있어서 편리처럼 고등학교부터 다른 도시로 갈 필요가 없었다.

너도 어지간하다.
어차피 다른 도시에 있는 건데
꼭 거기서도 안 할 필요 있어?

그래도 반성해야 하니까.

불편하지 않아? 대화는 어떻게 해?
고등학교 상담은 어떻게 하려고?
사람들이 왜 말을 안 하냐고 물어보진 않아?

말을 하지 않고 써서 보여주고 있다고 말하자 민트가 어이없어했다. 왜 말 안 하냐고 물어보면 그냥 말하고 싶지 않은 기분이라고 대답한다고 말했다.

딱 중학생다운 대답이네.
리오는 아직 화나 있대?

그렇겠지.
미안하다고 문자는 보냈는데
답은 없어.

정확히 무슨 일이야?
나도 정수에게 들은 말밖에 없어서
자세하게는 몰라.

편리는 실수한 일을 다시 떠올리며 설명하려니 기분이 좋지 않았지만, 그래도 답답한 마음을 털어놓을 기회라 여기며 천천히 설명했다.

내가 정수한테 학교 도서관 건물을 흉보고 있었어. 설계가 마음에 안 들어서. 누가 이런 형편없는 건물을 만들었는지 모르겠다고 했는데, 그걸 리오가 들은 거야. 너도 알다시피……

도서관을 리오 아버지랑
어머니가 같이 설계했으니까?

그래서 리오가 화가 났지. 미안하다고 했는데, 리오가 화를 풀지 않더라.
나보고 이전부터 말하고 싶었다면서, 내가 경솔하고 말이 많은 게 문제라고 했어. 이러쿵저러쿵 남의 흉을 보고 다니는 게 문제라고.
중학생이 건축 설계에 대해 뭘 안다고, 도서관 설계가 어쩌고저쩌고하냐고도 말했어.

걔도 말이 너무 심했다.

편리는 민트가 편을 들어줘서 고마웠지만, 일단은 자기 잘못이라는 걸 알았다.

심하긴 하지만 리오 말이 옳은 것 같아서. 아무래도 내가 너무 말이 많고 실수할 때도 많고…… 에스피 시티에선 경솔하면 안 되잖아. 우리는 재산을 같이 소유하는 만큼 서로를 배려하면서 살아야 하니까.
평소에도 도서관 천장이 유리인 거랑 계단이 복잡한 걸 계속 불평하고 다녔잖아. 리오는 그때마다 참고 넘겼다가 이번에 화가 폭발한 거야.
나도 이번 기회에 말을 줄이는 연습을 하려고. 어쨌든, 쓸데없는 말을 해서 타인에게 피해를 준 사람은 한동안 말수를 줄이는 게 우리 도시의 오래된 문화잖아.

민트가 꼭 그래야 할 필요가 있냐고 되물었다.

말실수한 사람은 하루 동안 말을 못하도록 벌을 주는 건 옛날에나 있었던 일이잖아.

물론 오래된 관습이고 이제는 꼭 해야 한다고 법으로 정해진 건 아니지만, 그래도 오래전부터 있었던 문화니까.
그냥 벌칙받았다고 생각하고 오늘 하루는 말을 안 하려고. 말을 줄일 필요가 있으니까 좋은 연습인 것 같아.

편리가 길게 털어놓았지만 민트는 그 이상 관심은 없었는지, 지금은 어디에 있냐고 물었다. 콘트랙트 시티에 있다고 대답하고, 중간에 내린 이유를 설명했다. 내리고 싶지 않았는데 티켓 때문에 로봇이 내리라고 해서 어쩔 수가 없었다고 설명했는데, 그것도 민트에게는 별로 중요하지 않은 것 같았다. 민트는 편리가 지금 느끼는 답답한 마음이나 상황에는 별로 관심이 없고, 그냥 심심해서 연락한 것 같았다.

민트가 콘트랙트 시티는 어떠냐고 물었다.

정말 이상한 곳이야.

민트가 솔직하게 말하는 곳이니 당연한 것 아니냐고 물어서 편리는 그것 이상이라고 대답했다.

그건 알고 있었는데, 상상한 것 이상이야.
사람들이 종일 말싸움만 하면서 산다고
생각하면 돼.

식당에서 만난 사람들에게 어떤 말을 들었는지 상세하게 말해주고 싶었는데, 민트는 나중에 다시 이야기하자면서 문자를 중단했다. 아직 우주철 시간이 많이 남았기 때문에 편리는 아쉬웠다.

답답함을 털어놓고 싶은데 그럴 사람이 없어서 마음이 무거웠다. 민트도 편리의 상황에 별 관심은 없을 것이다. 관심 가져야 할 이유가 있을까? 민트는 편리의 말실수가 대수롭지 않다고 생각하니까. 고등학교 진학 문제만 해도, 민트가 친구기는 하지만 가족도 아니고, 편리의 고등학교 진학은 편리가 알아서 할 일이었다. 편리의 부모님은 편리가 다른 도시의 고등학교로 가는 걸 별로 좋아하지 않아서, 지금은 편리 혼자 문제를 해결해야 했다. 식당에서 만난 아주머니 말대로 고등학교는 그냥 집에서 인터넷으로 수업을 들을까도 싶었다. 하지만 다른 친구들이 고등학교 다니는 동안 집에서 수업을 들으면, 학교 다니는 것 같지도 않고 이상할 것 같았다.

나중에는 생각해보니 괜히 민트한테 길게 말했나 오히려 후회가 들었다. 말실수를 한 건 아닐까? 리오에게 한 말실수만 해도 친구들끼리 떠들다가 일어났으니까. 다시 그날의 말실수가 떠오르자 편리의 얼굴이 화끈거렸다. 입을 꾹 다문 채로 역 밖으로 보이는 콘트랙트 시티를 내려다보며 중얼거렸다.

"이곳에서는 아무 문제 없을 일이었겠지."

만약 편리가 콘트랙트 시티에서 살았다면 전혀 문제가 되지 않았을 행동이었다. 하고 싶은 말을 다 하면서 살면서도 상대방 기분을 고려할 필요가 없으니까. 고등학교를 이곳에서 다니면 어떨까 잠시 생각도 했지만, 그래도 여기서 지낼 배짱은 없었다.

○ ✕

〈24시간 우주 여행〉 식당 앞을 지나갈 때 혹시나 로봇에게 들킬까봐 고개를 숙이고 걸었는데, 어떻게 알았는지 로봇이 가게에서 나오더니 버럭 소리쳤다.

"이봐요, 이름이 이상하고 말 안 하는 중학생, 아무것도 안 시켜도 되니까 들어와요."

못 들은 척하고 지나가려고 했더니 이번엔 군이 따라와서 말을 걸기 시작해서, 그냥 로봇 말대로 다시 식당 안으로 들어갔다. 로봇은 편리가 갈 곳 없이 자꾸 왔다갔다하는 것 같아서, 들어와서 앉아 있으라고 불렀다고 말했다. 왔다갔다하는 건 또 어떻게 알았는지 모를 일이었다.

식당은 점심시간도 지났는데 손님이 꽤 많았고 다들 텔레비전의 우주 럭비 중계를 보면서 화를 내고 있었다. 로봇이 편리에게 물을 한잔 따라주며 물었다.

"우주 럭비 좋아해요?"

우주 럭비 경기야 보는 건 좋아하지만, 시합중인 팀은 둘 다 편리가 잘 아는 팀이 아니었다. 한쪽은 콘트랙트 시티고 다른 쪽은 파머스 시티라고 농업으로 유명한 도시의 팀이라고 했다. 잘은 모르는 도시였는데 우주 럭비에는 정말 강한지 콘트랙트 시티를 완벽하게 이겼다. 경기가 큰 점수 차로 끝나자 텔레비전을 보던 사람들이 분통을 터뜨렸다.

"다 때려치워! 때려치우라고!"

우주 럭비는 일반 럭비와 하는 방법은 같은데 무중력 경기장을 날아다닌다는 점에서 달랐다. 무중력 공간 속에서 자유롭게 움직일 수 있도록 등에 제트팩 추진 장치를 달고, 공을 주고받으며 경기장 끝까지 몰고 날아가면 되는 경기였다. 추진 장치 사용에 제한이 있어서 작용과 반작용을 이용해 방향을 바꾸고, 몸싸움으로 상대방 선수를 밀어내는 순발력이 중요했다. 무중력에서는 위아래가 없고 왼쪽 오른쪽도 헷갈리기 때문에 판단력도 좋아야 했다. 에스피 시티에서 가장 인기 있는 스포츠라 편리도 즐겨 봤는데, 콘트랙트 시티의 응원 방식은 충격이었다. 사람들은 콘트랙트 시티가 지자 형편없다며 끝없이 야유했고, 중계하던 아나운서 로봇도 불평했다.

콘트랙트 시티는 오늘도 졌습니다. 이렇게 엉망진창인 팀이 세상에 또 있을까요? 뭐 하나 잘하는 게 없군요. 공도 제대로 못 잡는 주제에 두 명이나 부상당해서 중간에 나갔네요. 차라리 로봇이 출전했으면 고장이 났을망정 이보다는 나았을 겁니다. 오늘도 대패한 콘트랙트 시티에게 내일은 희망이 있을까요? 그럴 리가요. 희망은 삼십일 년째 없었습니다. 지금까지 우주에서 제일 엉망인 콘트랙트 시티 팀의 경기를 중계해드렸습니다.

어쨌든 응원하는 팀이 이기면 좋으니까 졌을 때의 실망을 이해 못하는 건 아니었는데, 아나운서의 태도는 지나치게 신랄했다. 중계 방송이 끝나자 사람들이 투덜대면서 우르르 나가버렸고, 식당에는 손님이 몇 명 남지 않았다.

"그렇게 못하진 않았는데."

편리의 옆 테이블에 앉아 있던 여자아이가 말하자, 로봇이 냉큼 말했다.

"못했어요. 오늘처럼 못한 날도 드물걸요. 마음에 없는 말하지 말아요."

로봇의 말을 듣고 여자아이는 얼굴을 찌푸렸는데, 편리와 눈이 마주치자 말했다.

"마음에 없는 말 하지 말라는 건 콘트랙트 시티에서는 심한 욕이야. 뭐든지 솔직하게 말해야 하는 곳이니까. 너는 다른 도시 사람이지?"

여자아이는 교복을 입고 있으니 분명 학생이었는데, 편리에게 왜 학교에 안 가고 식당에 있는지 물어보진 않았다. 콘트랙트 시티에서는 사적인 질문을 해도 실례가 아닌데 말이다. 여자아이와 편리의 나이가 같다는 사실을 알고 나서부터 대화가 쉽게 풀렸다. 편리가 자신도 중학교 2학년이라고 스마트패드에 써서 보여줬는데, 신기하게도 여자아이는 지금까지 만난 콘트랙트 시티 사람들과는 다르게 왜 말을 안 하고 글씨를 쓰냐고 묻지 않았다.

대신 로봇이 와서는 얼른 일러바쳤다.

"이 학생 이름은 편리고 에스피 시티에 살아요. 글로 써서 말하는 건 말하고 싶지 않은 기분이라서 그렇대요."

로봇은 여자아이가 주문한 도넛을 놓고 갔다. 여자아이는 고개를 끄덕였다.

"말하고 싶지 않은 기분이라고? 그럴 수도 있지."

콘트랙트 시티 사람답지 않게 부드럽고 예의를 갖춘 말투여서, 편리가 이곳 사람답지 않은 말투라고 했더니 자신도 이상하다는 걸 잘 알고 있다고 했다.

"그래서 다른 도시에서 학교 다니고 싶어서 알아보던 중이었어. 너도 혹시 고등학교 오리엔테이션 다니던 중이야? 나는 도서관 시티에 갔다가 오는 길이야. 너는 어느 도시 가던 길이었어?"

편리는 도서관 시티에 가던 길은 아니었지만, 여자아이도 편리처럼 고등학교를 알아보러 다니던 중이었다는 말을 들으니 반가웠다.

"신기한 인연이다. 나는 역사 소설가가 되고 싶어. 다른 도시 역사에 관심이 많아. 하지만 여기선 별로 선호하는 직업이 아니야. 여기 대학에도 역사나 문학창작 학과가 있지만, 기왕 우주 여러 도시의 역사를 알려면 도시 밖으로 나가서 돌아다니며 배우는 편이 좋을 것 같아 알아보고 있었어. 내 이름은 마건이야. 이상한 이름이지? 여자아이 이름으로는 더 그렇고. 여기 사람들은 거친 느낌의 이름을 많이 써. 말싸움에서 밀리지 말라는 뜻으로."

편리도 자신의 이름이 고향 도시에서는 평범한 이름이지만 이곳에서는 이상하게 들릴 것이라고 설명했다. 편리의 관심사인 건축은 역사와 접점이 있어서 대화가 잘 통했다. 에스피 시티가 재산을 공유하는 도시라고 설명하자, 마건은 에스피 시티의 문화에도 관심을 보였다. 빈정대지 않는 사람을 처음 만나니 반갑고, 콘트랙트 시티가 아니더라도 다른 도시 사람들은 재산을 공유하는 에스피 시티의 문화에는 대부분 별 흥미를 갖지 않았는데 마건은 그런 사람들과 달라서 신기했다.

마건은 긴 설명을 스마트패드에 쓰는 동안에도 묵묵히 기다리며 이야기를 들었고 심지어 재밌다고 말했다.

"학비를 내지 않는 건 정말 좋다. 언젠가 들르고 싶어. 각 도시의 역사를 엮어서 소설로 쓰면 재밌을 거야. 꼭 소설이 아니더라도 책으로 쓰면 누군가는 좋아하겠지. 여기서는 아무도 좋아하지 않을 거라고 하지만."

"아무도 좋아하지 않을 거예요."

갑자기 다가온 로봇이 하지 않아도 되는 참견을 하고는 금방 자리를 떠났다. 두 사람은 잠시 우울하게 앉아 있었다. 곧 마건이 한숨을 쉬며 말했다.

"나는 콘트랙트 시티 빼고는 다 마음에 들어. 지금 목표로

삼은 곳은 도서관 시티야. 거기에 우주에서 가장 큰 '플레이아데스 도서관'이 있으니까. 우주의 모든 책과 정보가 모이는 곳이니까 역사나 문학 연구도 쉽고, 거기 사람들은 나와 성향도 비슷한 것 같아. 거기서 고등학교와 대학교에 다니면 좋을 것 같아. 부모님이 허락해줄진 모르겠는데, 시간은 걸리겠지만 통학하면서도 다닐 수 있고."

도서관 시티는 편리도 언젠가 가보고 싶은 곳이었다. 물론 마건과 관심사는 달랐다. 플레이아데스 도서관 건물이 용도도 그렇고 디자인도 그렇고 우주에서 중요한 건축물 중 하나로 손꼽혔기 때문이다. 에스피 시티 중학교의 도서관도 플레이아데스 도서관을 참고해서 설계했는데 편리가 싫어했고, 흉을 보다가 리오와 사이가 틀어진 것이다. 그 일이 생각나서 갑자기 편리는 우울해졌고, 그걸 알아챈 마건이 물었다.

"무슨 생각중이야?"

친구와 다퉜던 일을 설명하자 마건은 더 자세히 듣고 싶다고 했다. 편리는 내가 왜 전혀 모르는 사람에게 시시콜콜한 이야기를 하고 있지 싶어서 망설이면서도, 하나씩 스마트패드에 쓰다가 결국 모든 상황을 다 설명했다. 신기하게도 마건은 편리의 이야기를 끝까지 다 들어줬다. 편리가 다른 사람의 이야기를 잘 들어주는 편이냐고 물었더니 마건이 말했다.

"내가? 그렇게 생각 안 했는데…… 콘트랙트 시티 사람들은 자기 할말만 하는데, 나는 다른 사람들과 반대니까 듣는 걸 더 좋아하는 편일지도 모르겠어. 친구와 싸워서 기분 안 좋았던 거야? 혹시 다른 고등학교를 알아보는 것도 친구가 신경이 쓰여서 그래?"

친구 때문에 고등학교까지 다른 도시로 알아보는 건 아니었지만, 리오가 비슷한 말을 하긴 했다. 중학생이 건축에 대해 알면 얼마나 아느냐고 화를 내면서 일단 대학이나 붙으라고 쏘아붙였던 것이다.

"걔 꼭 여기 사람처럼 말한다."

마건이 웃으며 말해서 편리도 웃고 말았다. 콘트랙트 시티 사람들은 아무 말이나 막하면서 사는 사람들인데 만약 말싸움이 나면 어떻게 하는지 궁금하다고 했더니, 마건은 깊이 걱정할 필요 없다고 말했다.

"우리 도시 사람들은 싸움이 일상이니까, 싸움이 심해져서 감정이 상해도 별로 신경 안 써. 어차피 시간이 지나면 화가 풀린다고 생각하거든. 우리는 감정이 상했을 때 기다리는 시간이 있는데, '하프 타임'이라고 불러. 하프 타임이 지나야 다시 싸우든 화해를 하든 한다고 말해. 마음이 풀릴 시간이 필요하니까."

하프 타임이라, 리오도 시간이 필요할지 모른다. 시간이 흐른 다음에 마음을 풀었으면 좋겠는데, 풀지 않더라도 어쩔 수 없다는 생각도 들었다. 그때는 편리의 답답한 마음도 나아질 것이다. 시간이 지나면 뭐가 어떻게든 될 것 같았다.

우주철이 도착할 시간이 돼서 편리도 자리에서 일어났다. 마건도 집으로 갈 시간이었다. 잠시 망설이다가, 마건에게 가끔 대화하고 싶은데 연락처를 줘도 괜찮겠냐고, 싫으면 거절해도 된다고 스마트패드에 써서 보여줬다. 마건이 대답했다.

"잊었어? 여기선 거절하고 싶으면 거절하고, 좋으면 좋다고 하잖아. 괜히 마음에 없는 말을 할 필요 없어."

마건이 좋다고 했으니 그건 정말 좋다는 뜻이었다. 둘은 연락처를 주고받은 다음 가끔 통화하자고 인사하고 헤어졌다.

o〰〰×

편리는 우주철에 타서 얼른 자리에 앉아 안도의 숨을 내쉬었다. 곧 콘트랙트 시티를 떠날 것이다. 정말 길고 긴 기다림이었다고 편리는 생각했다. 도시를 떠나면 할일이 많았다. 고등학교에 가서 오리엔테이션을 하고 다시 오래 우주철을 타고 집에 돌아가야 한다. 콘트랙트 시티를 떠나기 전 마건과 한참 대화했더니 기분이 풀려서 그건 좋았다.

우주철에 승객들이 하나둘 타기 시작했는데, 힐끗 사람들의 얼굴을 보던 편리는 당황했다. 역을 오가다 마주친 사람들이 들어오기 시작한 것이다. 식당에서 만난 아주머니가 타더니 곧 걸어 다니며 통화하던 아저씨도 탔고, 바지에 커피를 엎은 아저씨도, 포인트가 적립 안 됐다고 항의하던 아저씨도 있었다.

뭐야, 우주철을 기다리던 사람들이었나? 다들 정장에 가방을 두세 개씩 든 차림새여서 아마 다른 도시로 출장을 가는 것 같았다. 아주머니나 아저씨는 우주철 타고 다른 도시로 간다는 말은 안 했잖아. 굳이 할 필요도 없지만…… 역에서 만난 사람들을 우주철에서도 만나는 건 당연한 일일까? 하기야 굳이 다른 식당도 많은데 역 안에서 점심을 먹었다면 우주철을 타고 갈 예정이어서 그랬을 것이다.

식당에서 우주 럭비 경기를 보면서 화를 내던 사람들도 탔고, 편리에게 로봇을 불러준 남자도, 그 남자와 입씨름하던 남자도 탔다. 다들 콘트랙트 시티 사람답게 우주철 자리가 어쩌고 서비스가 어쩌고 하면서 불평하고 있어서 우주철 안이 무척 시끄러웠다. 소란스러운 동안에도 우주철이 출발해 순식간에 속도를 높여 정거장을 벗어났다.

편리가 창밖으로 콘트랙트 시티가 멀어지는 모습을 지켜보고 있는데, 인공지능 우팔리의 안내 방송이 우주철 안에 울렸다.

콘트랙트 시티를 떠나시는 여러분, 모두 안녕히 가십시오.

갑자기 사람들이 다들 입을 다물고 조용해졌다. 이제 솔직하게 말하는 도시가 아니니까 솔직하게 말하지 않는 것이었다. 콘트랙트 시티에서는 세상 아무도 신경쓰지 않고 예의 없이 굴더니 밖으로 나가자 갑자기 얌전해지는 어른들의 모습이, 편리는 당연한가 싶으면서도 웃기기도 했다. 승객들이 얌전히 앉아 있는 동안, 로봇이 돌아다니면서 말했다.

"티켓 검사하겠습니다."

편리는 역무실에서 받은 티켓을 내밀었고, 별일 없어야 할 텐데, 하고 마음속으로 생각했다. 그런데 황당하게도 또 문제가 생겼다. 로봇이 이렇게 말한 것이다.

“티켓이 잘못됐군요. 우주철을 탈 수 없습니다. 다음 역에서 내리고 역무실에서 티켓을 확인하거나 새로 구매하세요.”

그럴 리가 없는데, 스마트패드에 얼른 글을 써서 이미 확인했다고 설명했는데도 로봇은 안 된다고 말했다.

“안 돼요. 손님 성함은 정편리인데, 티켓 구매자는 에스피 시티로 돼 있군요. 탑승객과 구매자가 다르면 안 됩니다. 다음 역에서 내려서 확인하세요.”

편리가 이미 역무실에 가서 확인하고 새로 티켓을 받은 거라고 설명해도, 로봇은 안 된다면서 다음 역에서 내리라는 말만 반복했다. 서류가 있다고 해도 소용이 없었다.

“사정은 모르겠고 내리라니까요. 서류고 뭐고 아무리 주장해도 소용없습니다. 손님이 남의 티켓을 훔쳐서 탔는지 내가 어떻게 알아요? 내려서 확인하고 다시 타요.”

“내 티켓이라니까요.”

마음이 급해지니 저절로 입에서 말이 튀어나왔다. 편리가 소리치자 로봇이 원래 말을 할 수 있었냐는 표정으로 보았는데, 편리는 로봇을 무시하고 말했다.

“내 이름은 정편리고 에스피 시티 출신이에요. 우리 도시에서는 재산을 모두 같이 사용해요. 가난한 도시고 돈이 많지 않아서 다른 도시로 여행 가기도, 우주철 표 사기도 쉽지 않아요. 나는 중학생이고 고등학교 오리엔테이션 때문에 다른 도시로 가야 해서 도시에서 표를 사준 거라고요. 그래서 내 이름이 아니라 도시 이름이 표에 찍힌 거예요. 증명할 서류도 있어요."

갑자기 다시 내려야 한다고 생각하니 편리는 답답해서 미칠 것 같았다. 그토록 오래 기다렸는데 또 내려서 기다려야 한단 말인가? 학교는 언제 가고? 집에는 언제 가나? 분명 제대로 준비를 해왔는데 왜 내 말을 듣지 않는 거지? 어려운 요구도 아닌데 말이다.

"다른 로봇이 역무실에서 확인하고 타라고 해서, 콘트랙트 시티에 내려서 한 시간 반 넘게 걸려서 역무실에서 티켓도 새로 발급받았어요. 이건 내 표고 이 우주철을 타고 고등학교 오리엔테이션을 보러 갈 거예요. 나는 아무 잘못 없으니까요. 나는 절차대로 했고, 절차대로 하지 않은 로봇 잘못이에요. 그러니까 나는 안 내려요."

한동안 멀거니 편리의 얼굴을 보던 로봇은 그러든가 말든가, 하고 중얼거리더니 표에 그냥 도장을 찍고는 가버렸다.

로봇이 간 후에도 한동안 편리는 분이 풀리지 않았다. 소리지르지 않을 수 있었는데, 말을 많이 하지 않으려고 했는데, 경솔하게 행동하지 않으려고 했는데, 로봇 때문에 결심이 다 무너져서 기분이 나빴다. 그래도 끝까지 꾹 참고 글로 써서 보여줬어야 했나? 하지만 그랬다가는 다음 역에서 또 내린 다음 다시 탔다가, 또 내린 다음 다시…… 며칠이 걸려도 목적지로는 못 갈 것이다. 잘한 일이었을까, 못한 일이었을까? 생각에 잠겨 앉아 있는데 우주철 안이 유난히 조용한 것 같았다.

고개를 들고 다른 사람들을 보고서야 편리는 이유를 깨달았다. 편리가 말을 해서 그랬던 것이다. 지금 편리 주변에 있는 사람들은 편리가 말하지 않는 모습만 봤으니까. 부끄러운 마음이 들어서 고개를 숙이는데, 멀리 앉아 있던 아주머니와 눈이 마주쳤다. 아주머니는 편리를 보며 웃고 있었다. 왜 웃고 있을까? 돌아보니 아저씨도 편리를 보며 웃고 있었고, 편리와 눈이 마주친 어른들이 다들 웃고 있었다. 다들 무슨 이유에서인지 기분이 좋아 보였다. 왜 그럴까? 편리는 생각했다. 내가 말하는 모습을 처음 봐서 재밌어서 그럴까? 아니면 로봇과 말싸움을 해서 이긴 걸 보고 같이 기분이 좋아져서 그럴까? 혹은 마음을 솔직하게 말하는 모습을 응원하고 싶어서일까?

어느새 편리도 그들처럼 웃고 있었다.

햄릿이 사라진 세상

차무진

럭키는 눈을 떴다.

아침이다.

눈을 비비고 보니 엄마가 침대에 앉아 럭키를 바라보고 있었다.

[삐꾹, 삐꾹]

엄마 마스크에 부착된 스피커에서 삐꾸기가 재잘대는 소리가 들렸다.

그것은 엄마가 잘 잤니? 이제 일어날 시간이야, 라고 럭키에게 전하는 의사 표현이다.

럭키는 시계를 보았다.

일곱시 사십분.

럭키는 머리맡 탁자를 손으로 더듬어 마스크를 찾았다. 얼굴 위로 마스크를 착용하고 엄마를 바라보았다.

[똑똑]

럭키 마스크에 부착된 스피커에서 문 두드리는 소리가 두 번 났다.

이것은 알겠어요, 일어나겠어요, 라는 럭키의 뜻이다.

사람들은 흔히 긍정의 뜻을 표현할 때 문을 두 번 두드리는 소리를 낸다. 물론 럭키도 그랬다.

[치카치카, 후루룩 쩝쩝, 딩동~ 딩동댕~]

엄마 스피커에서 다시 이런 소리가 났다.

치카치카는 양치하라는 뜻, 후루룩 쩝쩝은 밥 먹으라는 뜻, 딩동, 딩동댕은 학교 종소리니까 어서 학교에 가라는 뜻이다.

엄마가 나가자 럭키는 하품을 하며 기지개를 켰다.

그러자 마스크에서 이런 소리가 들린다.

[하아아품~]

하품은 말이 아니니까 마스크 스피커에서는 '하품'이라는 단어를 성우가 말한다.

럭키는 화장실에 들어가 거울에 비친 자신을 바라보았다.

검은색 외계인 이모티콘이 그려진 마스크가 럭키 입을 근사하게 가리고 있다. 이 최신식 티타늄 마스크는 일주일 전 엄마에게 졸라서 산 것이다.

럭키는 기분이 좋아졌다.

친구들의 것보다 훨씬 좋은 마스크를 가지고 있기 때문이다.

사실 이것 때문에 학교에서 인기를 좀 얻었다.

마침 럭키의 기분이 마스크에 전달되었는지 내장 스피커에서 베토벤 9번 교향곡 〈합창〉 중 '환희의 송가'의 음률이 흘러나온다.

[랄라랄라랄라라라~]

사람들은 이 마스크를 '언스피커블 마스크'라고 부른다.

사람들은 멋진 옷보다, 근사한 명품 가방보다, 값비싼 스포츠카보다 최신식 마스크를 가지기를 바란다.

럭키의 언스피커블 마스크에는 무려 4만 가지의 다양한 소리가 저장되어 있다. 이 마스크를 착용하면 인체 센서가 작동해서 머릿속의 생각과 감정을 소리로 표현할 수 있다.

예를 들어 엄마에게 밥 먹고 싶다고 말하려면 마스크 스피커에서 [꼬르륵, 꼬르륵] 소리가 난다.

수학 시험에서 만점을 받아 하늘을 날 듯 기쁘면 마스크에서 베토벤 9번 교향곡 〈합창〉의 '환희의 송가'나 [빰빠라라빰빠빠빠~] 팡파르 소리가 들린다.

마스크에는 그것 외에도 졸졸 시냇물 흐르는 소리, 탕탕 총소리, 쏴아악 쏴아악 모래 날리는 소리, 철썩철썩 파도치는 소리, 으스스스 유령 소리, 어흐흥 사자 울음소리 등 8천 가지의 자연이 내는 소리가 저장되어 있다. 또 인류가 만든 경음악도 저장되어 있다. 경음악은 정부가 허락한 것만 가능하다. 지켜야 할 것은, 절대로 인간의 노래가 들어가선 안 된다는 것.

언스피커블 마스크에서 얼마나 다양한 소리가 나는가에

따라 그 사람의 지적, 언어적 매력이 평가된다. 소리와 경음악이 많이 저장되어 있다는 것은 그만큼 감정을 더 잘 표현할 수 있다는 뜻이기도 하니까.

지금은 서기 2196년.

세상은 언어로 소통하지 않는다.

인간은 전자칩이 부착된 언스피커블 마스크를 착용하고 말 대신 사물의 소리로 자기 뜻을 표현한다. 그렇게 소통한 지 벌써 팔십삼 년이 되었다.

팔십삼 년 전 럭키의 조상들은 세상을 어지럽히는 가장 불순한 요소가 언어라고 판단했다.

인류는 말을 죄악의 근원이라고 보았다.

내뱉은 말은 주워 담을 수 없고, 칼은 몸을 베지만 말은 마음을 벤다. 호랑이는 가죽 때문에 죽지만 사람은 혀 때문에 죽기도 한다. 말은 오해를 낳고 오해는 사람의 마음을 사로잡아 친구와 동료, 이웃을 위협하고 더 심하면 패를 갈라 싸우다가 급기야 이웃나라까지 침공한다.

럭키가 배우는 역사 교과서에는 다음과 같은 내용이 쓰여 있다.

백칠십육 년 전, 그러니까 서기 2020년, 지구에는 코로나19라는 질병이 퍼졌다. 오대륙에서 40억 명 이상이 감염되었고 20억 명이 죽었다.

이후 세상은 디지털 소통의 시대로 접어들었다.

사람들은 서로 얼굴 보기를 꺼렸다. 회사원들은 집에서 근무했고 학생들도 집에서 화상으로 수업을 듣고 과제를 제출했다.

남녀가 만나는 소개팅도 화상으로 이루어졌고 결혼식과 장례식도 화상으로 이루어졌다. 심지어 산모가 아기를 낳을 때도 의사가 화상으로 수술을 집도했다. 화상으로는 수술 도구를 잡지 못하는 게 아니냐고? 그럴 리가. 원격으로 작동되는 손 모양의 가정용 의료기가 아기를 순풍, 순풍 받아냈다고 한다.

나라와 나라 사이도 그랬다. 각국의 정상들도 만나지 않고 화상으로 회담했다.

그즈음 어처구니없는 일이 벌어졌다.

미국 대통령과 중국 주석과 러시아 대통령이 화상회의에서 넥타이 색깔 때문에 말싸움을 한 것.

말싸움의 원인은 이랬다.

빨간색 넥타이를 맨 미국 대통령에게 중국 주석이 "멋있습니다"라고 말했다. 중국인은 붉은색을 아주 좋아하기에 미국 대통령이 맨 빨간 넥타이를 칭찬한 것이었다.

그런데 통역관이 미국 대통령에게 "당신은 공산당이 되려고 하는 모양입니다"라고 통역했다. (아울러 교과서에는 그 시절 공산당을 빨갱이라고 불렀다고 적혀 있다.)

그 말을 들은 미국 대통령은 화가 나서 "나는 앞으로 빌어먹을 중국 빨간색을 버리고 파란색 넥타이만 맬 거요"라고 말했는데 그걸 통역관이 러시아 대통령에게 또 이렇게 전했다. "미국 대통령이 말하기를, 우리는 중국 공산당과 함께 빌어먹을 파란색 넥타이만 공격할 거요"라고.

러시아 대통령은 놀라 펄쩍 뛰었다.

"두 나라가 연합해서 우리를 공격한다면 우리는 핵을 사용해서 당신들 나라를 불바다로 만들어버릴 거요."

그 말을 통역관이 중국 주석에게 이렇게 전달했다.

"중국과 미국이 연합하면 빨간색을 좋아하는 중국부터 핵을 뿌려버릴 거요."

세 나라는 말의 오역으로 서로 미워하는 속내를 들키고 만 것이다.

중국 주석의 말을 잘못 알아들은 러시아와 미국 대통령은 서로를 헐뜯기 시작했고, 결국 그 일로 제3차 세계대전이 일어났다.

거짓말 같다고?

고작 말 때문에 전쟁이 날 리가 있겠느냐고? 그리고 세상이 망할 리가 있겠느냐고?

1945년에 두 나라로 갈렸던 동독과 서독이 1990년에 어떻게 통일되었는지 모르는가.

동독 대변인이 기자회견에서 발표문에 적힌 문장을 잘못 읽어서 그렇게 된 게 아닌가.

대변인은 '동독 사람들의 외국 여행 제한을 살짝만 완화한다'라는 내용을 '동독 사람들은 검문소를 통해 외국을 자유롭게 여행할 수 있다'로 발표해버렸고 기자들이 대뜸 '그럼 서독과 동독의 베를린장벽도 통과할 수 있느냐'라고 묻자 대변인이 그만 '그렇다'라고 말해버린 것이다.

그 바람에 동독 사람들이 우르르, 서독으로 넘어가버렸고 냉전의 상징이었던 베를린장벽은 어처구니없이 무너졌다.

말이란 게 그렇게 무서운 법이다.

아무튼, 그로부터 이 년 후 인류는 핵으로 멸망했다.

이후 지구는 몇십 년간 폐허로 남아 있다가, 살아남은 자들의 연합체가 세상을 다시 일구었다고 한다.

지금으로부터 팔십삼 년 전, 살아남은 사람들은 국제법을 제정했다.

1. 절대로 인체의 목과 연결된 기관을 사용하지 않고 살기
2. 언스피커블 마스크를 착용하고 오직 사물의 소리로만 소통하기

살아남은 사람들은 이후 눈부신 발전을 이루어냈고 제3차 세계대전이 있기 이전보다 훨씬 진보한 사회가 완성되었다.

그들은 다섯 개의 대륙에 정부를 하나씩 세우고 국민을 관리하고 있다. 다섯 개의 정부는 하나의 국제 정부의 통제를 받는다.

그 국제 정부를 '돈 스피크'라고 한다.

돈 스피크 때문에 우리는 풍요로운 삶을 살 수 있다.

지금은 말을 하지 않기에 절대로 분쟁이나 오해가 없다. 국어사전에도 '오해'라는 단어는 사어(死語), 즉 과거에는 쓰였으나 지금은 쓰이지 않은 단어라고 적혀 있다.

대표적인 사어로는 고대 그리스어, 고대 라틴어가 있고 우

리말 중에는 오해, 대화, 말싸움, 말하기, 언어 능력, 조리 있는, 논리적인, 연설, 담화, 토론, 아나운서, 바른말, 논쟁, 설득 등의 단어가 있다.

지금 세상에서는 절대로 인간의 목소리로 단어를 내뱉으면 안 된다.

그러면 궁금한 게 생길 것이다.

사람 이름은 어떻게 부르는가?

걱정하지 마시라.

바로 언스피커블 마스크에 해답이 있다.

언스피커블 마스크에는 고유 번호가 부착되어 있다.

예를 들어 학교 선생님이 수업중에 럭키를 부르고 싶다면 럭키를 바라보며 럭키를 생각하면 된다. 곧 선생님의 언스피커블 마스크에서 인공지능 칩이 작동할 테고 전파가 럭키의 마스크로 전달되어 럭키가 부여받은 고유한 소리가 난다. 럭키를 지칭하는 고유음인 **[삐리뽀구 샤를르리랑~]**이라는 음이 두 번 연달아 들리는 것이다. 그러니까 '삐리뽀구 샤를르리랑~ 삐리뽀구 샤를르리랑~'은 럭키의 이름인 셈이다. 럭키 역시 태어날 때부터 저 음이 머리에 각인되었다.

그렇다면 갓난아기의 울음소리는?

아기들은 아무것도 모른 채 태어나자마자 목청껏 울지 않는가.

돈 스피크 정부에서 일하는 공무원들은 그것도 고려했다.

아기들은 태어나자마자 아기용 언스피커블 마스크를 착용한다. 공갈젖꼭지가 달린 친절한 제품이다.

어떤 공무원의 아이디어인지 몰라도 그 공갈젖꼭지 하나면 아기들은 절대로 울지 않았다. 이제 아기들만큼 정부 지침을 잘 따르는 국민도 없다.

그렇다면 메신저를 하는 건?

큰일날 소리. 메신저를 사용해 대화하는 행위는 아주 위험한 짓이다.

비록 목을 사용해서 대화하는 소통은 아니지만, 메신저로 대화하는 행위에서도 오해, 거짓말, 모함, 사기 등의 부작용이 일어날 수 있다.

그렇다.

메신저는 무조건 금지다.

오직 만나서 언스피커블 마스크로만 의사소통해야 한다.

럭키는 아래층으로 내려갔다.

엄마가 식탁 위에 오믈렛과 우유, 콘 시리얼을 놓아두고 계셨다.

럭키를 본 엄마의 마스크에서 이런 소리가 나왔다.

[착 착 착 착]

[짜깍, 짜깍, 짜깍]

조급한 발걸음 소리.

그리고 시계 초침 소리.

엄마는 지금 늦었으니까 빨리 밥 먹고 학교 가거라, 라고 말하고 있었다.

럭키가 식탁에 앉자 엄마는 현관으로 쪼르르 가서 신발장에서 구두를 꺼내 신으셨다.

[슝—]

엄마가 현관에서 자동차 엔진 소리를 냈다.

[똑똑]

럭키 역시 문 두들기는 소리를 냈다.

엄마는 먼저 가겠다고 말했고 럭키가 알겠다고 대답한 것이다.

럭키 엄마는 마스크 공장에서 일한다.

K-4구역 상업 지구에 국립 마스크 제조 공장이 있는데 엄마는 거기서 일한다. 럭키가 최신 티타늄 마스크를 가질 수 있었던 것도 공무원용 파우치가 있었기에 가능했다.

열여섯 살인 럭키는 엄마와 단둘이 살고 있다.

아빠는 럭키가 태어날 때부터 없었다.

럭키는 엄마에게 아빠에 관해 묻지도 않았고 엄마도 아빠에 관해 말하지 않았다. 럭키가 짐작해보기로 엄마는 아빠에 대해 나쁜 기억을 가진 건 아닌 듯했다.

그렇다면 두 분 사이에는 어떤 슬픈 사연이 있었으리라.

럭키는 이해한다.

아빠에 관한 깊은 이야기를 마스크 스피커에서 나오는 소리들로 표현할 수 있을까?

기술이 더 발전되어서 그런 속 깊은 이야기까지 나눌 수 있는 언스피커블 마스크가 개발된다면 가능할지도 모르겠다.

[딸꾹]

출근하려고 현관문 손잡이를 잡았던 엄마가 무언가가 생각난 듯 돌아보며 딸꾹질 소리를 냈다.

그것은 '아, 맞다. 나도 모르게 깜빡 잊고 있었네'라는 뜻이다. 딸꾹질은 저도 모르게 나오는 소리가 아닌가.

럭키는 엄마를 바라보았다.

럭키는 궁금할 때 사용하는 의문형 소리를 냈다.

첼로의 현이 기묘하게 늘어지는 소리.

[끼이이~ 휘잉]

엄마 마스크에서 이런 소리가 난다.

[왈왈왈, 쩝쩝쩝, 삐익—]

삐익—은 축구 심판이 경고의 의미로 호루라기를 불 때 나는 소리. 즉, 켄토에게 밥을 먹이지 말라는 의미다.

[왈왈왈, 끙끙끙, 펄펄펄]

엄마는 켄토가 아프다고 말했다.

펄펄펄은 열이 나는 소리다.

사람들 마스크에서 끙끙끙, 펄펄펄이라는 두 소리가 나면 무조건 아프다는 뜻이다.

'켄토가 아프다구?'

럭키는 식탁 밑에 앉아 있는 켄토를 보았다.

켄토는 똘망똘망한 눈으로 럭키를 바라보며 작은 혀를 내밀고 있었다.

녀석은 럭키가 먹는 시리얼을 탐내고 있는 것이다.

"멍멍!"

켄토가 짖었다.

'멀쩡한데?'

켄토는 이 집에서 유일하게 마스크 없이 목으로 소리를 내는 생물이다.

켄토는 사 개월 된 보더콜리로 이 집에 온 지 한 달쯤 되었다. 켄토는 미샤 이모의 개였다.

엄마 친구인 미샤 이모는 마스크를 쓰지 않은 채 화상으로 남자친구와 대화하다가 돈 스피크에게 끌려갔다. 엄마는 혼자 남은 켄토를 집으로 데리고 왔다.

켄토는 사료용 캔보다 인간이 먹는 동그란 시리얼을 가장 좋아한다.

[똑똑]

럭키가 엄마에게 알았다고 대답했다.

엄마가 현관문을 열고 나가자 럭키는 얼굴에 착용한 언스피커블 마스크를 조용히 벗었다.

시리얼에 우유를 붓고 아작아작 오믈렛과 함께 먹었다.

집은 조용하다.

럭키는 콘 시리얼을 씹으면서 거실을 둘러보았다.

깨끗하게 정돈된 거실.

베란다로 통하는 창문도 단단하게 닫혀 있다.

럭키의 집은 H구역에 있는, 정원이 딸린 삼층 단독주택이다. H구역은 도심을 흐르는 루빈스타인강을 가로지르는 카론교 옆에 있는 주거지역으로 중산층이 사는 집들이 즐비하다. 여기보다 더 서쪽에 있는 I구역도 주거지역이었지만 그곳엔

상류층이 산다.

지구가 회생하고 인류는 친환경 기술을 이용해서 급속도로 빠르게 사회를 구축했다.

사람들은 과거처럼 자연을 황폐하게 만들거나, 서로 경쟁하면서 불신하고 죽이고 비난하고 편을 가르며 돈과 물질에 얽매이지 않았다.

지금은 적당한 인구가 자연이 주는 순도 높은 혜택을 누리고 있다.

그게 다 돈 스피크 국제 정부의 덕이다.

돈 스피크 국제 정부는 태양에너지를 이용하는 기술을 개발했고 사회에 에너지를 무상으로 공급했다.

가정마다 친환경 자동차와 친환경 주택이 공급되었고, 국민들은 무상 교육과 의료보험, 수준 높은 문화적 혜택을 누릴 수 있었다.

이 시대를 사는 사람들은 천국에서 살고 있다.

단 하나의 규칙만 지킨다면 말이다.

그것은 바로 말하지 않는 것.

구성원이 서로 대화하지만 않는다면 이 세계는 너무도 평온하고 아름다운 낙원이 된다고 믿었고 실제로도 그랬다.

럭키는 시리얼을 넘기고 침을 한번 삼켰다.

럭키는 결심하고 입을 벌려 소리를 냈다.

"아. 조용하다."

그렇게 내뱉고 두 손으로 얼른 입을 막고 주변을 둘러보았다.

고요하다.

에어컨 옆, 벽에 부착된 둥근 모양의 센서는 아무런 반응이 없다.

저 음성반응 센서는 삼 년 전 이 집에 이사 올 때 정부 요원들이 직접 설치해주고 간 것이다. 주택은 돈 스피크 정부를 찬양하고 정부가 지정한 기간 동안 규칙을 어기지 않았을 때 누구에게든 무상으로 제공된다. 규칙을 지키는 기간이 길어지면 더 큰 집으로 이사할 수 있다.

집이 바뀌면 공무원이 찾아와 라이선스가 붙은 센서 장비를 설치한다. 마치 인터넷 공유기를 설치하듯 집집마다 대화 방지 장비를 설치하는 것이다.

안방과 거실, 화장실, 차고, 마당에는 반드시 음성반응 센서를 설치하는 것이 법으로 제정되어 있다.

이 장치는 집안에서 식구들이 목을 사용하여 대화하거나 의미 있는 소리를 내는 순간 정부의 중앙 시스템에 포착되도록 설계되어 있다.

보통 인간의 숨소리가 10데시벨이다. 저 장치는 0.2데시벨부터 민감하게 측정된다.

그런데 럭키 집의 음성반응 센서가 작동하지 않고 있었다.

'음. 우리집은 감시 해제 상태야. 분명해.'

럭키는 시리얼을 떠먹으며 확신했다.

일주일 전 럭키는 새벽에 일어나 물을 먹으러 거실로 내려가다가 그만 계단에서 미끄러지고 말았다.

계단에서 굴러 바닥에 엉덩방아를 찧은 럭키는 저도 모르게 "으아아! 엉덩이 아파!"라고 말해버렸다.

그리고 얼른 입을 막았는데!

앵앵앵, 요란하게 울려야 할 센서가 울리지 않았다.

집은 그저 조용했다.

"으아아! 엉덩이 아파!" 이 두 마디라면 프로페셔널 에이지 학습 단계인 럭키는 청소년 법을 적용받아 무려 삼 년간 수용시설에 격리되어 있어야 했다.

스무 살 이상 성인이면 십오 년 감옥행이다.

(돈 스피크가 다스리는 사회의 교육체계에서 열세 살부터 열여덟 살까지는 프로페셔널 에이지 학습 단계의 교육을 받는다. 열아홉 살에는 일 년 동안 오직 말 참기 수업을 받고 스무 살부터는 어엿한 사회 구성원으로 살아간다.)

럭키는 간이 조마조마했다.

아직 여명이 트지 않은 새벽 네시였고, 안방의 엄마는 아무것도 모른 채 쿨쿨 주무셨다. 럭키는 움직이지 않고 그 자리에서 삼십 분 동안 조용히 엎드려 있었다.

잠에서 깬 켄토가 다가와 럭키 얼굴 앞에 앉았다.

켄토는 하품을 길게 하더니 럭키한테 안기려 했다. 럭키는 켄토가 짖지 못하게 얼른 품에 안았다.

엉덩방아를 찧은 통증 따위는 잊어버린 지 오래, 언제 센서가 울리고 정부군이 들이닥칠까? 럭키는 숨죽인 채 눈을 꼭 감았다.

하지만 시간이 흘러도 센서 음은 들리지 않았고 총을 들고 방탄조끼를 입은 정부군도 들이닥치지 않았다.

그 이후 럭키는 엄마 몰래 집안의 음성반응 센서를 전부 조사했다.

거실 벽에 부착된 메인 음성반응 센서 옆에 콩알만 한 붉은색 칩이 붙어 있어야 했다. 그게 사라지고 없었다.

럭키는 사라진 붉은 칩 때문에 거실, 두 개의 화장실, 세 개의 방, 창고, 차고, 보일러실에 부착된 센서가 전부 작동하지 않는다는 것을 알아냈다.

집에 부착된 센서 전체가 고장났다면 중앙 관제 센터에서 파악했을 테고 수리하러 와야 정상이다. 하지만 아직 공무원은 찾아오지 않았다. 그렇다고 엄마가 자진 신고를 할 수도 없다. 원래 럭키의 엄마는 법을 잘 지키는 분이라 집에서 목청을 사용해서 말해본 적이 없다. 그래서 센서가 고장난 것을 모르시는 거다. 아니 아는 게 더 이상하다.

식탁에 앉은 럭키는 다시 한번 소리를 냈다.

"누구 없어요?"

히히.

장난기가 발동했다.

"동해물과 백두산이 마르고 닳도록~"

역사책에 쓰여 있던, 백여 년 전 이 땅에 존재했다던 나라의 국가를 제멋대로 상상해서 불러보았다.

백두산은 핵전쟁 때 지진으로 내려앉아 흔적도 없이 사라졌다. 일본과 한반도 사이에 있었다던 동해도 일찌감치 사막이 되어 있다.

"내 이름은 조너선 럭키! 내가 지은 이름이야. 난 삐리뽀구 샤를르리랑~ 삐리뽀구 샤를르리랑~이 아니라구!"

켄토 녀석도 신이 난 모양인지 "멍멍멍" 하고 짖었다.

럭키는 시계를 보았다.

벌써 여덟시.

"앗, 늦었다!"

럭키는 외계인 이모티콘이 그려진 언스피커블 마스크를 착용하고 가방을 들고 현관문을 나섰다.

○⁀⁀⁀⁀⁀ ×

럭키는 편의점에서 컵라면이 든 봉투를 들고 나왔다.

하늘을 보았다.

건물들 사이로 G구역을 감시하는 드론들이 띄엄띄엄 보였다.

돈 스피크의 감시 드론들이다.

G구역은 슬럼가이다.

지금의 세상이 낙원이라곤 하지만 사회는 시간이 흐르면서 조금씩 격차가 벌어지고 있었다. 천국이든 지옥이든 일하기 싫어하는 사람들은 분명히 존재했고 그들은 슬럼가에 모여 살았다.

사실 G구역이라서 드론들이 많은 건 아니다. 어느 구역이든 드론은 제비처럼 흔하다.

저 드론에는 광역 단위로 사람의 말소리를 채취하는 인식 센서가 부착되어 있다.

운동장이든 골목이든 지하 주차장이든 그 어디든 마스크를 사용하지 않고 말소리를 내면 저 하늘의 드론에게 포착된다.

"모든 악의 근원은 입에서 나온다!"

높은 건물 전광판에서 지도자 돈 스피크가 연설하는 장면이 상영되고 있다.

돈 스피크는 머리를 박박 깎은 수행자의 모습이다.

물론 컴퓨터 그래픽으로 만든 이미지이다. 사람들은 돈 스피크가 실재하는 사람이 아닌 정치 시스템임을 잘 알고 있다. 저 얼굴은 시민에게 각인시키기 편리하도록 의인화한 형상일 뿐이다.

전광판의 돈 스피크는 아이러니하게도 언스피커블 마스크

를 착용하지 않았다.

그는 침을 튀기며 제멋대로 하고 싶은 말을 해댔다.

"……인간은 바벨탑 시절에 한 번 벌을 받았다. 신은 그때 인간의 언어를 없애지 않았다. 하지만 인간은 이후에도 나쁘게 말하는 것을 고치지 않았다. 거짓말을 하고, 오해를 만들고, 모함하고, 없는 말을 지어내면서 서로 헐뜯었다. 그래서 신은 세상을 멸망하게 했다. 신이 노려보고 있다. 신이 다시 벌을 내리기 전에 우리가 먼저 조심하지 않으면 안 된다! 그것이 돈 스피크의 가르침이다!"

돈 스피크는 서로 대화하지 않는 획일화된 사회를 강조한다.

대머리 돈 스피크는 평화를 위해서 모든 구성원의 말을 중단해야 한다고 주먹을 불끈 쥐며 역설한다.

[꼬르륵, 꼬르륵]

럭키의 배에서도, 언스피커블 마스크에서도 같은 소리가 났다.

집으로 온 럭키는 곧장 창고로 갔다.

창고는 집 뒤뜰에 있다.

럭키의 집은 담장이나 울타리가 없다. 중산층 주거지역은 비교적 안전하기에 그렇다. 아니 돈 스피크가 다스리는, 말없는 세상은 어디든 안전하다.

이 네 평짜리 창고는 빼리뽀구 샤릴르리랑~ 빼리뽀구 샤릴르리랑~ 아니, 조너선 럭키의 아지트이다.

창고 안에는 더러워진 매트리스와 잡지책들, 낡은 데스크톱 컴퓨터, 난로 등이 있었다. 원래는 잔디 깎는 기계, 호스 등을 두던 곳이었다.

켄토가 자신이 드나드는 작은 문을 밀고 들어왔다.

럭키는 봉투에서 옥수수 사탕을 꺼내 켄토에게 주었다.

켄토는 동그란 것만 좋아한다.

옥수수 사탕은 입에 넣으면 금방 녹아버리기 때문에 켄토가 먹어도 괜찮았다.

"너, 아프다던데 전혀 아니네?"

럭키는 부슬부슬한 켄토의 목을 쓰다듬어준 후 난로 위 냄비에 물을 붓고 예열 버튼을 눌렀다.

부엌 냉장고에는 맛난 음식이 가득했지만, 럭키는 이곳 창고에서 컵라면을 끓여 먹는 게 가장 신났다.

편의점에서 산 컵라면을 꺼내 매트리스 옆에 놓아두고 럭키는 매트리스를 젖혔다.

바닥의 비밀 공간이 드러났다.

거기에서 작은 MP3 플레이어를 꺼냈다.

퐁퐁퐁퐁.

물이 끓자 럭키는 컵라면에 물을 부었다.

그리고 이어폰을 귀에 꽂았다.

비틀스의 〈Let it be〉가 흘러나왔다.

When I find myself in times of trouble

Mother Mary comes to me

Speaking words of wisdom let it be

후루룩, 후루룩.

럭키는 〈Let it be〉를 들으면서 컵라면을 먹었다.

지금 인류는 음악을 듣지 않는다.

아니 정확하게는 인간의 목소리를 사용한 음악을 듣는 것이 법으로 금지돼 있다. 클래식이나 경음악도 국가가 허락한 것만 들을 수 있다.

집안의 센서들이 고장난 것을 알고 제일 먼저 떠올린 것이 바로 이 비틀스 음악 파일이 든 낡은 MP3 플레이어였다.

증조할아버지의 유품이라고 했고 이 집으로 이사를 왔을 때 공무원들이 금지 물품 검사에서 빠뜨린 것이었다. (공무원들은 국민이 이사할 때마다 찾아와 하나하나 물품을 검사한다.)

○ ~~~~~ ×

그때였다.

우당탕.

창문이 깨지면서 어떤 여자가 창고 안으로 던져지듯 떨어졌다.

바닥에 온통 흩어진 유리 조각들.

화들짝 놀란 럭키는 컵라면을 던지고 MP3 플레이어를 매트리스 아래로 숨겼다.

"왈왈왈!"

켄토가 용감하게 짖었다.

[삐용, 삐용, 삐용]

럭키의 언스피커블 마스크에서 요란스러운 구급차의 사이렌 소리가 울렸다.

간 떨어질 뻔했다고 외치는 럭키의 뜻이었다.

[우르릉, 쾅쾅]

또 이 무슨 날벼락 같은 일이냐고 외치는 럭키.

여자는 움직이지 않았다.

럭키는 조심조심 다가갔다.

럭키 또래, 아니면 조금 더 나이가 많아 보인다.

짧은 청바지에 베이지색 반팔 티셔츠 차림.

등에는 작은 메신저백을 멨다.

얼굴에는 검은색 마스크를 착용하고 있었다.

옷이 몹시 더러워져 있었고 팔뚝과 허벅지, 정강이에도 긁힌 상처가 수두룩했다. 꼭 하늘에서 실수로 떨어진 천사 같았다.

럭키가 일어나 여자가 들어온 창밖을 바라보았다.

회색의 골목. 아무도 없다.

'정부군에게 쫓긴 건가?'

이 여자는 누군가에게 쫓기다가 럭키네 창고로 들어온 것이 분명했다.

"괜찮……? 읍!"

럭키는 말하려다 입을 닫았다.

집안의 센서가 고장났기에 말을 해도 상관없었지만, 그래도 그 사실을 남이 알면 안 되기에 그랬다.

럭키 마스크에서 [토닥, 토닥] 어깨 두드리는 소리가 났다. 괜찮냐고 묻는 럭키.

켄토는 여자의 어깨와 머리 주변을 킁킁, 냄새 맡았다.

여자는 움직이지 않았다.

럭키는 천천히 여자의 머리를 들어올렸다.

럭키 마스크에서 천둥소리가 났다.

[우르릉, 쾅쾅]

정신이 번쩍 들게 깨어나라는 뜻.

또 한편으로는 럭키의 심장이 그렇게 뛰고 있다는 뜻. 이놈의 마스크는 이중 언어를 잘도 구사한다.

여자가 실눈을 뜬다.

[반짝, 반짝, 짜르르]

럭키 마스크에서 만화영화에서 요정이 마법의 봉으로 빛가루를 뿌릴 때 나는 효과음이 들렸다.

정신이 들어요? 기분이 괜찮아졌나요? 라고 묻는 것.

[삐익, 쿵쿵따, 슬르무르꾸루, 끼이익, 삐이익, 뿡~ 꼬르륵]

이건 의미가 녹아든 소리 언어가 아니다.

여자가 무슨 말을 하려 했지만, 여자의 마스크가 고장난 탓에 이상한 소리가 울리는 것이다.

여자가 고통스러워했기에 럭키는 얼른 마스크를 벗겨주었다.

럭키도 티타늄 마스크를 벗었다.

럭키가 대놓고 말했다.

"그냥 편하게 말해요. 우리집에서는 그래도 되어요!"

센서가 망가져서요, 라고는 평소처럼 속으로만 말했다.

여자는 놀라는 눈빛이 되었다가 침을 한번 삼키고는 힘겹게 말하기 시작했다.

"……이, 이걸 꼭…… 전달해……줘."

"이거라니요?"

"가, 가방……"

"가방?"

"……대리자에게 가줘…… 꼭."

"대리자라뇨?"

"……신의 ……처, 천사……"

"신의 천사?"

여자는 고개를 끄덕였다.

"신의 천사가 누군데요?"

여자는 고통스러운 눈으로 럭키를 바라보다가 안간힘을 짜내듯 말했다.

"……이것들을 받아야 할 사람들…… 지혜의 골짜기를 찾아야 해……"

"왈왈왈!"

켄토가 다급하게 짖었다.

"이봐요! 정신 차려요!"

그녀는 더는 움직이지 않았다.

럭키는 여자가 등에 멘 메신저백을 뒤졌다.

안에는 다섯 개의 홀로그램 출력기가 들어 있었다.

꼭 둥근 컵받침 모양이다.

버튼이 세 개 있었다.

재생, 앞으로 가기, 뒤로 가기.

버튼을 누르면 거기서 홀로그램이 쏘아져 나오는 모양이다.

그중 하나를 집어 재생을 눌러보았다.

쟁—

녹색의 자글거리는 홀로그램이 떴다.

허공에 뜬 형상은 글씨였다.

로미오와 줄리엣

그리고 곧 연사인 남자가 작은 홀로그램으로 등장해서 거창하게 대사를 읊조리기 시작했다.

이 극이 벌어지는 아름다운 베로나에 명망이 같은 두 가문이 있었는데 오래된 원한으로……

럭키는 얼른 버튼을 눌러 홀로그램을 없앴다.

'맙소사.'

이것은 조상들이 즐겨 보았다던 희곡을 상연한 것이었다.

학교에서 배운 적이 있다.

희곡은 배우들이 무대에서 극을 펼치기 위해 대화체로 만든 글을 말한다.

이건 절대로 읽어서도 안 되고 봐서도 안 되는, 인류에게 금기시된 대상이다.

희곡은 행동을 지시하는 간략한 지문도 있지만 대부분 대화가 주를 이루기에 그렇다. 맙소사. 이런 흉측한 것을. 인간들이 서로 입으로 대화하며 연기하는 것을 구경하도록 만든 홀로그램이라니.

학교 선생님도, 부모님도, 공무원들도, 돈 스피크도 이 사실을 알면 몸서리를 칠 게 뻔하다. 이런 물건이라면 소장하는 것만으로도 오십 년 이상을 선고받는다.

개당 오십 년이니까 다섯 개면?

으아아.

이백오십 년을 선고받는다.

럭키는 겁이 나서 다시 마스크를 착용했다.

언스피커블 마스크에서 이런 소리가 정신없이 뿜어 나온다.

[두근, 두근, 두근, 두근, 두근]

나, 무지 떨려. 나, 엄청 겁이 나, 라는 뜻이다.

실제로 가슴에서 쿵쾅, 쿵쾅 뛰는 소리가 마스크 소리보다 더 컸다.

'떨면 안 돼. 정신 차리자!'

[어흐흥!]

럭키의 마스크에서 사자 울음소리가 났다.

용기를 내자! 라고 생각한 럭키다.

럭키는 침을 한번 꿀꺽 삼키고 홀로그램 버튼을 눌러 조금 뒤로 재생했다.

줄리엣과 유모의 홀로그램이 솟아나 대화하기 시작했다.

줄리엣: 이곳까지 와서 춤을 안 추고 있는 저 사람은 누구지?

유모: 몰라요.

줄리엣: 가서 물어봐. 만약 결혼했다면 무덤이 내 신혼의 침대가 될 것이야.

유모: 이름은 로미오. 몬테규 가문의 사람이며 원수 집안의 외아들이에요.

줄리엣: 유일한 내 미움이 유일한 내 사랑을 낳다니! 모르고 너무 일찍 만났고, 알고 나니 너무 늦었어.

탁—

럭키는 홀로그램 출력기를 껐다.

'이런 몹쓸 장면은 도저히 못 보겠어. 아아.'

하지만 자꾸 궁금증이 일었다.

보지 말라면 더 보고 싶은 법이다. 게다가 가방에는 이런 충격적인 물건이 네 개나 더 들어 있다.

하나씩 더듬어 살폈다.

출력기마다 이름이 적혀 있었다.

'맥베스' '로미오와 줄리엣' '리어왕' '햄릿' '오셀로'였다.

하나씩 켜보니 전부 셰익스피어의 희곡이었고 대화체로 구성된, 인간이 연기하는 것을 홀로그램으로 만든, 흉측하고 삿된 작품이었다.

집안의 센서가 망가졌기에 망정이지 올바르게 작동되고 있었다면 홀로그램을 실행하는 즉시 드론이 찾아왔을 것이다.

럭키는 홀로그램 출력기를 찬찬히 살폈다.

각 출력기의 둥근 테두리마다 정교한 금으로 감싼 디바이스 접속 장치가 붙어 있다.

아마도 이 출력기들은 어딘가에 끼워 장착하는 물건인 모양이다.

여자가 손가락에 끼고 있는 커다란 반지를 보았다.

고대 로마자 R·A 문양.

"으아아악! 이, 이건!"

럭키는 저도 모르게 비명을 질렀다.

이 문양은 전광판에서 본 적이 있다.

지도자 돈 스피크는 연설하면서 "우리 주변에는 불순한 무리가 여전히 존재합니다. 바로 R·A 일당들이지요!"라며 이 문양을 보여주었다. 돈 스피크는 시민들에게 R·A 일당을 보면 반드시 정부군에 신고해야 한다고 강조했다.

R·A는 Resistance Army의 약자이다.

저항군.

예상대로 여자는 레지스탕스이다.

럭키는 죽은 여자의 메신저백을 들어 내용물을 쏟아냈다.

둥글게 말린 지도가 나왔다.

럭키는 단번에 이 지도가 G구역을 그리고 있음을 알아차렸다.

붉은 점으로 표시된 지점에 '오셀로'라고 쓰여 있다.

아마도 여자는 지도에 표시된 지점에 「오셀로」 홀로그램 출력기를 전달하려다 정부군 드론에 쫓긴 것이 분명하다.

그때!

창밖으로 발소리가 들렸다.

깨어진 창문을 통해 밖을 바라보니 잿빛 하늘과 골목 건너편 다세대 가옥의 담벼락 너머로 수십 개의 드론이 떠 있었다.

징. 징.

드론들은 집마다 내부에 설치된 음성반응 센서와 교신하면서 어딘가에 숨어 있을 여자를 찾고 있는 것 같았다. 하지만 그저 허공을 맴돌 뿐 창고를 주목하지 않았다.

럭키의 집은 센서가 고장났기에 드론들이 이곳과 전파 신호를 주고받지 못해서이다.

한마디로 지금 럭키의 집은 없는 것과 마찬가지인 상태.

럭키는 잠시 고민했다.

결국, 결심한 럭키는 여자의 손가락에서 반지를 뽑아내 자신의 새끼손가락에 끼웠다.

다섯 개의 셰익스피어 희곡이 담긴 홀로그램과 스마트폰, 이어폰을 메신저백에 채워넣었다.

켄토는 어디론가 사라지고 없었다.

창고 밖에 세워놓은 자전거가 있었다.

○∿∿∿∿×

메신저백을 등에 멘 럭키가 야구 모자를 푹 눌러쓰고 자전거를 끌며 걸어가고 있다.

켄토는 다리 앞에서 럭키를 기다리고 있었다. 럭키는 켄토를 메신저백에 넣고 한참을 걸었다.

메신저백의 열린 틈 사이로 켄토가 코만 빼꼼하게 내놓았다.

거리의 사람들은 표정이 없고 거리의 공간은 잿빛이다.

마침 럭키 옆으로 이인조 정부군 경비대들이 다가오고 있었다.

럭키 등에 땀이 줄줄 흘렀다.

경비대들은 럭키를 스쳐지나갔다.

럭키는 편의점 벽에 붙은 수배 전단을 흘깃 보았다. 창고로 들어와서 죽은 여자의 얼굴이 수배되어 있었다.

그때였다.

[탕, 탕, 탕, 탕]

온 거리에 놋쇠를 두들기는 듯한 날카로운 소리가 울렸다. 가로등마다 부착된 스피커에서 나는 소리다.

길을 걷던 사람들이 일제히 움직임을 멈췄다.

저쪽 높은 건물의 전광판에 돈 스피크 얼굴이 나타나 노래를 부른다.

제2차 세계대전 때 부르던 독일식 군가 같은 음악이다.

인간의 입을 닫아야 한다. 인간은 말로써 화를 부른다. 신인류는 말을 하지 않는다. 신인류는 곡해하지 않고, 오해하지 않으며 의

심하지도 않는다……

사람들은 돈 스피크가 부르는 노래를 듣고 있어야 한다.

이 세상에서 오직 말을 하고 오직 노래를 부를 수 있는 존재는 저 전광판 속 돈 스피크뿐이다.

럭키도 멈추고 서서 돈 스피크의 기괴한 노래를 듣는 척했다.

신인류는 모함하지 않고 질투하지 않으며 멸시하지도 않는다.

그것은 신인류가 말을 하지 않기 때문이다. 신인류는 현명하고……

갑자기 전광판 속 돈 스피크가 노래를 중단했다.

돈 스피크는 음수대 앞에 서 있는 럭키를 획 돌아보더니 손으로 럭키를 가리켰다.

"저 꼬마가 불순한 것을 지니고 있다!"

그 순간 요란한 사이렌 소리가 도심에 울려 퍼졌다.

사람들이 놀라 럭키를 바라본다.

메신저백에 숨어 있던 켄토가 불쑥, 얼굴을 밖으로 내밀었다.

"멍멍멍!"

삐— 삐—

시끄럽게 울리는 경보음. 저쪽에서 군인들이 달려온다.

어느새 공중에서도 드론이 나타났다.

럭키가 자전거를 타고 달리기 시작했다.

드론은 불길하고 무겁고 딱딱한 경고음을 사방에 뿌리며 따라왔다. 럭키는 앞만 보고 정신없이 페달을 밟았다. 자전거 핸들을 잡은 손에서 땀이 나 축축했다.

G구역은 미로처럼 복잡했다.

럭키의 자전거는 좁은 골목길에서 드럼통과 쓰레기봉투 더미들을 요리조리 아슬아슬하게 피해 달리고 있다.

럭키가 고개를 돌려 공중을 바라보았다.

십 미터쯤 뒤 공중에서 드론 세 대가 쫓아온다.

'우띠. 전광판의 돈 스피크가 어떻게 알고 나를 지목했지?'

켄토가 짖어서 그런 건 아니다.

개들도 짖을 수 없게 하지만 그것은 권고 사항이다. 개들의 짖음이 의사소통으로까지 연결되지는 않기에 그렇다.

아마도 돈 스피크는 메신저백 안에 든 다섯 개의 홀로그램 희곡 출력기의 제품 넘버를 무선으로 해킹하고 존재를 인식한 것 같았다.

럭키는 상업 지구인 K구역과 슬럼가인 G구역이 분리되는 지점까지 갔다.

저 앞에 상자를 안고 걸어오는, 흰 모자를 쓴 흑인이 보였다.

[따릉따릉, 애애애앵~ 샤아악~ 샤아악~ 카약~]

럭키 마스크에서 다급한 소리가 났다.

저 소리는 비켜요! 앰뷸런스처럼 급해요! 독사를 피하듯 나를 피하세요, 라는 뜻이다.

놀란 흑인의 눈이 동그래졌다.

럭키는 흑인의 어깨를 아슬아슬하게 피해 나아갔다. 돌아보니 따라오는 드론 수가 여섯 대로 늘어났다.

챙강.

담벼락에 자전거를 버렸다.

택배 트럭을 밟고 나선형 철제 계단을 올라 담을 넘었다. 벽돌담에 파쿠르하듯 달라붙어 파이프를 잡고 이동해서 검은

쓰레기봉투 아래로 뛰어내렸다. 드론은 럭키를 찾지 못하고 있었다.

모퉁이를 돌자 군인들이 달려오고 있었다.

방향을 바꾸는 럭키.

올려보니 간판 옆에서 드론들이 막 나타났다.

럭키는 큰 도로로 달렸다.

차들이 신호를 받고 줄지어 서 있다.

럭키는 도로를 건너 오르막 골목으로 달려갔다. 그러자 양쪽 전봇대 너머로 흰 방호복을 입은 공무원 두 명이 달려왔다.

등에는 개와 고양이 마크가 붙어 있었다.

럭키가 회색 콘크리트 건물의 모퉁이를 돌았다.

따라오던 방호복 공무원 두 명은 드론과 눈인사하고 옆 골목으로 방향을 틀었다. 이들은 지름길로 돌아가서 럭키를 잡을 생각 같았다.

두 사람은 드론들과 공조하는 모양새다.

보통 군인들과 드론은 같은 소속이고 저 방호복을 입은 공무원은 동물보호소 직원들이다.

'저 방호복 입은 두 사람은 또 뭐지? 켄토를 잡으러 왔나? 아닌데, 분명 돈 스피크는 가방 속에 있는 희곡을 가리켰어!

돈 스피크가 나를 잡으라고 하니 주변에 있던 공무원들이 모조리 달라붙은 거구나!'

드론은 그대로 럭키를 쫓는다.

군인들을 태운 장갑차가 나타나자 도로에 줄지어 선 차들이 슬금슬금 비켜주었다.

장갑차 안에서 군인들이 속속들이 내린다.

도시는 럭키 때문에 온통 소란스러워지고 있었다.

헉. 헉.

얼마 후, 럭키는 좁은 콘크리트 벽 사이에 숨어 숨을 몰아쉬었다.

사람 하나가 겨우 들어갈 만한 벽 공간에 끼인 럭키는 하늘을 본다.

머리 위로 드론들이 빠르게 지나간다. 드론들은 럭키를 발견하지 못했다.

헉. 헉.

마른 혀로 침을 삼키며 럭키는 지도를 펼쳤다.

'오셀로'라고 적힌 붉은 점까지, 여기서 한 블록만 더 가면 된다.

지도를 접고 도로로 나가려는데 뒤에서 누군가 럭키가 멘 메신저백을 움켜잡았다.

'헉.'

"왈왈왈!"

메신저백 속에서 얼굴만 내놓고 있던 켄토가 소리를 냈고 뒤에 있던 누군가는 켄토에게 "쉿!"이라고 말했다.

럭키는 아직 뒤를 돌아보지 못하고 있었다.

뒤에서 바람이 지나가는 소리와 부정을 나타내는, 무언가가 꼬이는 듯한 전자음이 들렸다.

뒤에 있는 사람이 럭키에게 '휙 하고 바람처럼 돌아보지 마'라고 전달하고 있었다.

럭키는 따르겠다며 고개를 끄덕였다.

뒤에서 손이 나타나 천천히 럭키 머리를 잡고 시선을 돌려 주었다.

보니 긴 검은 머리의 여자아이가 웃고 있다.

럭키 또래다.

여자아이는 작은 손으로 켄토의 머리를 쓰다듬었다.

손을 보니 R·A 문양이 있는 반지를 착용했다.

럭키는 이 아이도 레지스탕스임을 깨달았다.

럭키는 그 아이에게 자신의 반지를 내보였다.

럭키가 낀 반지를 바라본 여자아이는 확신에 찬 눈으로 허리춤에서 골판지와 매직을 꺼냈다.

골판지에 '마중 나왔어. 「오셀로」를 나에게 줘'라고 썼다.

이런 원시적인 문자 교환 대화도 불법이지만 여자아이는 개의치 않는 듯했다.

여자아이는 골판지 여백에 글을 더 썼다.

'어서 주고 다음 지점으로 가! 다음은 「맥베스」.'

가방에서 「오셀로」 홀로그램 출력기를 꺼내주었다.

여자아이는 그것을 받아들고 골판지에 문장을 큼지막하게 썼다.

'불의를 보고도 침묵하는 말의 죄를 사한다.'

여자아이는 골판지를 버리고 마스크를 착용했다.

[아르, 따릉따릉 에엥~ 딩동, 딩동, 딩동, 딩동, 탁탁탁탁]

여자는 마스크로 그렇게만 말하고 사라졌다.

아르는 알파벳 R이다.

마스크에서 알파벳은 그대로 부를 수 있었다. 철자 하나만으로는 대화가 되지 않기 때문이다. 따릉따릉 에엥~은 지하철

오는 소리, 네 번의 딩동과 탁탁탁탁은 4번 출구와 계단을 뜻했다.

즉, R구역 방향 지하철 4번 출구로 내려가라는 뜻이다.

○~~~~×

럭키는 지하철역 안으로 내려갔다.

개찰구 안으로 들어가려 할 때 누군가가 럭키의 다리를 잡았다.

화들짝 놀라 돌아보니 계단이 끝나는 지점에 한 부랑자가 웅크린 채 앉아 있었다.

구걸하는 바구니가 머리맡에 놓여 있었다.

수상했다.

럭키는 단번에 이 부랑자도 레지스탕스임을 알았다.

역시 그의 더러운 모자에 R·A 문양이 자수로 박혀 있다. 모자는 기름때에 절고 쭈글쭈글했지만 오직 그 문양만은 환해 보였다.

돌아보니 주변에 지하철 경비대와 군인들이 삼엄하게 돌아다니고 있었다.

럭키를 본 모양이었다.

럭키는 서둘러 「맥베스」를 꺼내 그의 구걸 바구니에 놓았다.

노숙인이 고개를 숙인 채 말했다.

"듣기만 해. 내가 이 홀로그램 희곡 출력기를 받음으로써 옳지 않은 말을 선이라고 내뱉은 말의 죄를 사한다."

럭키는 생각했다.

'「오셀로」를 받아 간 그 여자아이도 그렇고 이 노숙인도 그렇고, 죄를 사한다니. 이 사람들, 마치 신처럼 말하네?'

창고에서 죽은 여자는 대리자를 찾으라고 했다.

대리자를 천사라고도 했다.

'아까 반지를 낀 여자아이나 이 부랑자는 죽은 여자가 말한 천사인가?'

아무리 봐도 천사처럼 생기지 않았다.

노숙인은 럭키에게 작은 시간표를 건넸다.

거기에는 R구역 방향으로 가는 열차표의 34역과 35역 사이에 붉은 점이 표시되어 있었다.

그것을 받아들고 개찰구 안으로 들어가려는데 갑자기 주변에서 요란한 사이렌이 울렸다.

지하철 경비대 한 명의 추적 장비에서 럭키와 노숙인의 대화가 포착된 것이다.

달렸다. 개찰구를 뛰어넘는 럭키 뒤로 지하철 경비대와 군인들이 몰려나왔다.

럭키는 노숙인이 웅크리고 있던 자리를 보았다.

노숙인은 온데간데없었다.

타는 곳으로 내려가다가 갑자기 아니다 싶어 다시 올라가는 럭키. 반대편 타는 곳으로 내려갔다. 노숙인이 가리킨 곳은 반대편으로 가는 지하철을 타야만 했다.

지하철을 타야 했지만, 추격하는 무리 때문에 지하철이 올 때까지 기다릴 수 없었다.

럭키는 철로로 내려갔다. 어둠으로 들어갔다.

철로를 따라 달렸다.

럭키의 뒤로 추격자들의 경계용 플래시 빛 여러 줄이 쏘아지고 있었다.

그때 멀리서 지하철이 다가오는 소리가 들렸다.

"우아아!"

저도 모르게 비명을 질렀다.

럭키는 망연자실하게 앞을 보기만 했다.

지하철 전조등 빛.

왜에에에엥—

우렁차게 들리는 지하철 소리.

몹시 크고 강한 소리 때문에 럭키는 꼼짝달싹도 할 수 없었다.

지하철이 무서운 속력으로 달려오고 있었다.

눈을 감았다.

부엉이 눈 같은 거대한 한 쌍의 빛이 럭키의 코앞까지 왔을 때 누군가가 럭키의 덜미를 잡았다.

동시에 지하철이 럭키를 덮치는 듯했다.

지하철은 바람처럼 지나가버렸다.

두렵고 놀란 눈빛이 채 가시기 전에 럭키는 벽 안 비밀의 문 안으로 빨려 들어갔다.

어떤 공간으로 들어온 럭키는 두리번거렸다.

문과 문 사이 작은 공간에 흑인이 서 있다. 그가 럭키의 덜미를 잡아당긴 것이었다.

[꼬끼오!]

럭키 마스크에서 들리는 첫닭이 우는 소리.

깨달았다는 뜻이다.

럭키는 이 티타늄 마스크를 처음 착용했을 때 첫닭이 우는 소리가 깨달음을 표현하는 것임을 처음에는 잘 이해하지 못했다. 하지만 고대 언어의 시대에 부처를 믿는 수행자들은 진리를 깨달았을 때 첫닭이 우는 소리라고 표현했다고 한다. 이런 깊은 의미까지 장착한 럭키의 티타늄 마스크는 누가 봐도 꽤 고성능이었다.

럭키 앞에 서 있는 흑인은 럭키가 자전거를 몰고 달아날 때 부딪힐 뻔한 그 사람이었다.

흑인이 물었다.

"메리는 어디 가고 네가 배달하는 거지?"

럭키는 마스크로 [뿌아앙~] 기차 경적 울리는 소리를 냈다.

설명하자면 기차처럼 길다는 뜻.

"갑갑한 마스크 따윈 벗어. 여긴 지하 깊은 곳이어서 편하게 대화를 해도 된다."

럭키가 마스크를 벗었다.

"대리자를 찾고 있어요."

표정이 묘해지는 흑인. 럭키는 그에게 창고에서 죽은 여자의 R·A 반지를 보여주었다.

"흠. 존 메리의 반지군."

흑인 역시 레지스탕스였다.

럭키는 그간 있었던 일을 들려주었다.

여자가 들이닥친 일, 여자 가방에서 다섯 개의 홀로그램 희곡 출력기와 지도를 발견한 일, 창고에서 여자가 지혜의 골짜기를 찾아가라고 말한 일, 여자가 죽은 일, 그리고 「오셀로」와 「맥베스」를 전달한 일까지.

흑인이 물었다.

"가방에 몇 개가 남았나?"

"「햄릿」이랑 「리어왕」, 그리고 「로미오와 줄리엣」요."

"「리어왕」을 나에게 넘겨."

럭키는 메신저백에서 「리어왕」을 꺼내 건넸다.

"그런데 이게 대체 뭐 하는 물건이에요?"

"무엇인지도 모르면서 배달했단 말이냐?"

"……그냥 그래야 할 것 같아서요."

흑인은 럭키를 빤히 쳐다보더니 굵은 팔뚝에 찬 시계를 보왔다.

"시간이 없다. 따라오너라."

흑인은 럭키를 다른 문으로 안내했다.

그곳은 무대가 있는 어두운 공연장이었다.

흑인은 무대 뒤 선이 복잡하게 늘어져 있는 장비 근처로 갔다. 앰프 옆 전자 장치에 홀로그램을 끼웠다. 그러자 무대에 조명이 켜졌다.

럭키는 놀랐다.

계단 형태의 관객석에는 사람들이 빼곡히 들어차 있었다. 무대에서 배우들이 뿅뿅, 하나씩 생겨나기 시작했다.

홀로그램 출력기가 장비에 꽂히는 순간, 진짜라고 해도 좋을 만큼 선명하고 사실적인 가상 배우들의 「리어왕」 연극이 펼쳐진 것이다.

홀로그램 출력기는 그냥 재생하면 자글거리는 화질이 나쁜 이미지를 뽑아내지만 저렇게 고성능 장비에 끼우면 선명하고 진짜 같은 입체 이미지를 출력하는 모양이었다.

연극이 시작되자, 관객들은 박수 치며 환호하다가 곧 조용해졌다. 그들은 어느새 공연에 집중하고 있었다.

'세상에, 이런 일이! 연극을 상연하고 있어. 돈 스피크가 알

면 어쩌려구.'

흑인은 무대 뒤에 서 있는 한 남자에게 다가가 귓속말로 속삭였다. 남자는 흑인의 말을 들으면서 이쪽에 서 있는 럭키를 쳐다보았다.

남자가 다가왔다.

턱수염이 난 50대 초반의 잘생긴 남자다. 흑인이 럭키의 반지를 남자에게 가리켰다.

그는 레지스탕스의 간부 같았다.

수염 난 남자가 럭키에게 물었다.

"존 메리는 죽었니?"

"존 메리가 그 여자인가요?"

"그래. 메신저백을 메고 너희 집 창고로 피신한 사람이 존 메리란다."

"그렇다면 네, 죽었어요."

"시신은 어디에 두었니?"

"우리집 창고요."

그는 흑인과 몇 마디를 주고받더니 럭키에게 따라오라고 했다.

그는 럭키를 이끌고 검은 벽면에 붙어 있는 문으로 갔다.

"창고에 누워 있는 존 메리를 어떻게 하실 건가요?"

"우리가 데리고 갈 거야. 걱정하지 않아도 된다."

"아저씨는 하실 말씀이 없으세요?"

"하실 말씀이라니?"

그가 멈추고 럭키를 바라보았다.

"「오셀로」와 「맥베스」를 받은 사람들은 무슨 무슨 말의 죄를 사한다, 라며 신 같은 말을 했어요."

"「오셀로」와 「맥베스」는 잘 전했니?"

"네."

"그러면 나도 한마디 하마. 「리어왕」을 받았으니 이런 말을 해주지. 바르게 보고도 다르게 옮기는 말의 죄를 사한다."

무슨 뜻인지는 잘 모르겠지만 그래도 안심이 되었다. 반쯤 완수했다는 생각이 들었다.

럭키가 물었다.

"레지스탕스들은 신인가요?"

"신?"

"아니면 천사?"

그러자 잘생긴 그 남자가 웃었다.

"후후. 조만간 너도 알겠지. 이제 두 개 남았다."

“「로미오와 줄리엣」과 「햄릿」요?”

“그래. 그것들을 마저 배달하거라.”

“어디로 가야 하죠?”

“다음은 「로미오와 줄리엣」이다. 그걸 성당으로 가져가거라.”

“성당요?”

럭키는 성당이 과거 사람들이 신을 믿을 때 사용하던 건물이란 걸 안다.

학교에서 배웠다.

성당은 핵전쟁으로 세상의 모든 것이 파괴되기 전까지만 존재했다고 한다.

돈 스피크는 종교를 죄악시했다.

돈 스피크는 당시 사람들은 신을 믿으면서 서로를 믿지 않았다고 힐난했다. 종교야말로 거짓말로 사람들을 현혹하는 가장 사악한 제도라고 했다.

“성당이 아직 존재하나요?”

“그럼. 존재하지.”

그때였다.

삑—삑—

사방에서 고막을 자극하는 경고음이 울렸고 붉은 불빛이 번쩍이기 시작했다.

내부의 경고등이 울렸다는 것은 드론들이 찾아왔다는 뜻이다.

‘이곳을 어떻게 알고 찾아온 것일까?’

“어서 가거라. 너는 세상을 구할 수 있어. 미카엘이 통로를 열어줄 거다.”

남자가 럭키의 어깨를 툭 치고 어느 쪽을 가리켰다.

럭키가 그쪽을 보니 흑인이 반대편 통로를 열고 서 있었다.

밖으로 나가는 출구였다.

럭키가 그쪽으로 달려갔다.

“자. 이거!”

흑인은 작은 포터블 기기를 건네주었다.

성당으로 가는 지도가 표시된 내비게이션이었다.

o~~~~x

미카엘이라는 흑인이 준 미니 내비게이션을 따라 도착한

곳은 돈 스피크 국립 박물관이었다.

박물관의 맨 아래층 수장고로 가는 통로에서 내비게이션이 가리키는 방향대로 육중한 철문을 열었다.

'우와.'

방송국 스튜디오처럼 넓고 텅 빈 돔형 공간이 나왔다.

거기에 거대한 성당이 우뚝 서 있었다.

'박물관 아래에 이렇게 큰 성당이 있다니.'

성당은 원래 평지에 있었을 것이다. 핵전쟁 이후 이 성당과 성당을 지지하는 지반만 무너지지 않고 움푹 꺼진 것 같다.

정확히는 모르겠으나 침식한 성당 위에 넓고 단단한 강판을 깔고 그 위에 흙을 덮은 후 박물관을 세운 것 같았다.

럭키는 성당 입구에 섰다.

아치형 문 옆에 성모상이 서 있고 성모상 발아래에는 물이 졸졸 흐르는 작은 석조물이 있었다.

손으로 물을 한번 떠서 마신 다음 야구 모자를 벗었다.

신을 믿지 않았지만, 왠지 공손한 마음이 되어야 할 것 같았다. 럭키는 야구 모자를 가슴에 대고 조심스레 안으로 들어갔다.

어두운 성당 안.

정면에 제단이 보였다.

제단 주변에 수십 개의 촛불이 켜져 있었다. 예전에 쓰였을 법한 커다란 파이프오르간은 자물쇠로 채워져 있었다.

뚜벅뚜벅 제단으로 걸어갔다.

거기에는 신부가 등을 보이고 서 있다.

신부가 뒤를 돌아보았다.

럭키는 가방에서 「로미오와 줄리엣」을 꺼냈다. 신부는 그것을 물끄러미 바라보기만 했다.

신부 뒤로 반쯤 부서진 커다란 십자가가 벽에 걸려 있었다. 핵전쟁 때 부서진 성당 내부를 복원도 하지 않고 그대로 둔 모양이었다.

"처음 보는 얼굴이군."

"와야 할 사람은 죽었어요."

그 말에 신부가 눈을 동그랗게 떴지만 더는 말하지 않았다.

"여기도 음성반응 센서가 작동하지 않나요? 다른 레지스탕스 아지트는 다 그랬거든요."

"두루두루 거쳐온 모양이구나. 그래. 여기서도 마음놓고 말해도 된다."

"이거요. 받으세요."

신부가 홀로그램 출력기를 받아 살펴보았다.

"「로미오와 줄리엣」도 서로 말을 잘못 알아듣는 바람에 비극적인 결말을 맞이했지."

"읽어본 적 없어요."

"갈까."

신부는 럭키를 데리고 성당의 좌측으로 뚫린 입구로 나갔다.

거기에는 성모가 성자를 안고 있는 석상이 있었다.

신부가 성모의 손목을 삐걱, 돌렸다.

끼이익.

바닥이 벌어지며 계단이 나왔다.

럭키는 신부 뒤를 따라 계단으로 내려갔다.

지하 일층으로 내려가자 신부가 천장에 대롱거리는 전구를 돌려 불을 켰다.

카타콤(지하 무덤) 같은 바닥을 얼마쯤 가니 다시 깊숙하게 내려가는 계단이 보인다. 지하 이층으로 가는 계단이다. 이번엔 신부가 선반에 놓인 거미줄 가득한 초를 집어 들고 불을 붙였다.

계단을 내려갈수록 허공에 떠다니는 먼지가 심했고 쿰쿰

한 냄새도 났다.

상당히 넓어 보이는 공간이 나왔다. 신부는 저벅저벅 혼자 어둠 속 어디론가 걸어갔다.

"신의 이름을 들먹이며 거짓으로 선동하는 말의 죄를 사하노라."

신부는 그렇게 말하며 럭키로부터 받은 「로미오와 줄리엣」 홀로그램 출력기를 어느 자리에 꽂아넣었다.

그 순간 사위가 환해졌다.

거기에는 사방에 책들과 수만 장의 CD와 LP들이 꽂혀 있었다. 악기들, 악보들도 수집되어 있었다.

벽에 이어폰을 꽂아 마음대로 음악을 들을 수 있는 장비도 갖추어져 있었다. 음악가들의 사진들이 무수히 걸려 있었다. 바흐부터 쇼팽, 비틀스, 레드 재플린, 오아시스까지. 작가들 사진도 엄청나게 많이 걸려 있었다. 샬럿 브론테, 도스토옙스키, 찰스 디킨스, 호메로스까지.

럭키가 말했다.

"이것들은 전부 나쁜 거라고 배웠어요."

"돈 스피크가 그러든?"

"네. 말을 사용해서 만들어진 문화는 다 말살하는 게 좋대요.”

“……”

“하지만 나쁜 것으로 보이지 않아요.”

“그렇게 보이니?”

“네. 저도 몰래 비틀스를 들은걸요.”

“나쁜 건 아니었지.”

“그런데 돈 스피크는 이 물건들을 왜 나쁜 것이라고 정했을까요?”

신부는 럭키의 머리를 쓰다듬었다.

“그럴 만도 했지. 인간은 말로써 지구를 망하게 했으니까. 인간이 받는 가장 큰 고통은 말에서부터 나온단다. 말 한번 잘못해서 누군가는 목숨을 잃었고, 또 누군가가 말을 다르게 전해서 누군가는 목숨을 잃었지. 말은 인간을 유익하게 한 것보다 불행하게 한 적이 더 많았어. 그래서 언스피커블 마스크 제도가 생긴 거야.”

“마스크는 불편해요. 게다가 비싼 마스크는 효과음이 많아서 뜻이 잘 전달되지만 가난한 사람은 뜻을 말하지 못해 불행해요.”

“큰일날 소리. 지금 세상에 가난하고 불행한 사람은 없단다.”

“돈 스피크 말로는 종교가 가장 나쁜 거랬어요.”

“길거리 전광판에서 그렇게 떠들더냐?”

“네. 학교 수업 영상에서도요.”

“그렇구나. 그러고 보니 돈 스피크가 나쁘다는 물건들이 전부 이곳 성당 지하에 모여 있구나. 책도, 음악도.”

“성당은 태어나서 처음 봤는데 무척 경건해 보여요.”

“……성직자가 거짓말을 가장 많이 했단다. 성직자는 신의 아름다운 말을 내뱉으면서 자신은 실천하지 않았고 사람들도 성직자가 한 말을 듣기만 했을 뿐 실천하지 않았지. 돈 스피크가 종교를 터부시하는 것은 어찌 보면 일리가 있어.”

럭키는 메고 있던 가방을 한번 들썩했다.

“「로미오와 줄리엣」을 드렸으니 전 이만 가볼게요.”

“그래, 큰일을 했구나.”

신부는 다시 럭키의 머리를 쓰다듬었다.

“왈왈왈.”

켄토가 짖었다.

“켄토도 머리를 쓰다듬어달라고 하는 거예요.”

“이름이 켄토냐?”

"네. 사 개월 된 보더콜리 강아지예요."

신부는 웃으며 켄토의 머리를 쓰다듬었다.

"켄토야. 너도 고생 많았다."

"아, 참. 계속 물어봤지만 아무도 말해주지 않았어요. 레지스탕스는 이 다섯 개의 희곡을 왜 배달하는 거예요?"

"그것도 모르고 이것들을 배달했던 거냐?"

"물을 때마다 전부 그렇게 반문하시네요. 네. 모르고 배달했어요. 그러니 신부님이 가르쳐주세요."

"너에게 희곡을 받아 간 사람들은 전부 천사다."

"하늘을 나는 천사요?"

"그래."

"짐작은 했었어요. 하지만 등에 날개 같은 건 없었는데."

"천사는 날개를 숨길 수 있단다."

"그럼 신부님도요?"

"난 아니야. 나는 사람이란다."

"그러면 그들은 하느님이 내려보낸 거예요?"

"음. 비슷하긴 한데. 하느님이 아니라 대지의 여신이 보냈지."

"대지의 여신요?"

"지구."

"지구요?"

"가이아 여신이라고도 하지. 내가 비록 가톨릭 사제이지만 나는 종교를 대변하는 대리자일 뿐이란다. 나 말고 나머지는 전부 천사들이지. 네가 본 천사들은 특정 종교를 받드는 이들이 아니야. 지구 그 자체인 대지의 여신이 보낸 자들이야. 종교는 지구 위에 있는 하나의 요소일 뿐이지."

"대지의 여신은 왜 천사들에게 희곡을 배달하라고 한 건가요?"

"인간에게 말을 다시 돌려주려는 거지."

"돈 스피크가 저렇게 멀쩡하게 존재하는데요? 우리는 말을 하면서 살 수 없어요."

"몰랐구나. 돈 스피크가 바로 대지의 여신이야."

"네?"

럭키는 놀라 쓰러질 뻔했다.

신부가 계속 말했다.

"대지의 여신 가이아는 지구를 멸망시킨 장본인이야. 또 살아남은 이들에게 태양에너지로 풍요를 준 분이기도 하지. 그리고 인간에게서 말을 빼앗은 분이고."

"아."

"가이아 여신은 인간을 벌하기로 마음먹었어. 인간들은 말로써 선동하고 무리 지어 싸우다가 지구를 돌이킬 수 없게 파괴하지 않았더냐. 불의를 보고 침묵하는 지식인, 옳지 않은 말을 선이라고 내뱉은 정치인, 환경을 오염시키는 물건을 만들고도 경제 발전이 최선의 가치라며 말을 다르게 옮기는 사업가들, 신을 빙자해 사람을 속이는 종교인 때문이지."

조금 어려운 말 같았지만 럭키는 계속 듣고 있었다.

"여신은 지구를 더럽힌 인간을 미워했어. 그러나 여신은 인간을 완전히 없앨 수는 없었단다. 다시는 타락하지 않도록 말을 봉한 후, 조용히 상처 난 지구를 돌보았지. 여신은 지구의 상처를 보듬을 시간 동안 인간이 또 말로 싸우지 않기를 바랐단다. 그래서 돈 스피크 시스템이 생겨난 거야. 이제 치유의 시간이 끝났어. 네가 옮긴 다섯 개의 희곡은 말에 관한 상징이야. 인간들에게 말을 돌려주기 위해 가이아 여신이 한바탕 퍼포먼스를 했다고나 할까."

"대리자에게요?"

"희곡을 받은 우리는 학문, 정치, 경제, 종교의 대리자야."

"홀로그램은 다섯 개인데요."

"음."

"마지막 「햄릿」이 남았을걸요."

"보자."

신부님은 럭키의 메신저백을 뒤적거렸다.

"여기 있군."

그는 럭키가 메고 있는 메신저백에서 「햄릿」 홀로그램 출력기를 꺼냈다.

신부님은 동그란 그것을 럭키의 눈앞에 내보이며 말했다.

"자, 이제 마지막 임무다. 네가 이것을 전달하면 여신은 인간에게 말을 되돌려줄 거다."

"어떻게요?"

"그건 신만이 안단다."

"그럼 도시는 어떻게 되는 거예요?"

"글쎄다. 돈 스피크가 사라지거나, 어쩌면 억압된 구조를 없애기 위한 혁명이 일어날지도 모르지."

"이걸 어디로 배달해야 하나요?"

"다리 아래 헌책방."

"다리라면 H구역의 카론교를 말하는 건가요?"

카론교라면 럭키의 집과 가깝다.

주거지역인 H구역은 루빈스타인강 인근에 있었다.

H구역 사람들은 매일 카론교를 이용해서 루빈스타인강을 건너 상업 지구로 출근한다. 럭키의 엄마도 그랬다.

"그래. 그 다리 밑 헌책방에는 노인이 앉아 있을 게다. 그에게 이걸 전하렴. 서로 사랑하지 않고 미워하는 말의 죄를 사해줄 것이다."

"그 노인은 어떤 것의 대리자인가요?"

"사회지. 불신과 미움이 들어찬 공동체."

"선뜻 이해하기 어려워요."

"어렵지 않단다. 학문, 정치, 경제, 종교가 요란한 말로 세상을 아무리 어지럽혀도 인간이 서로 사랑했다면 절대로 타락하지 않았을 거야."

"사회 속 인간!"

"그래. 학교에서 말로 친구를 따돌리고 가정에서 말로 자녀를 학대하고 직장에서 말로 동료를 불신하고, 고립시키고, 오해하고, 헐뜯었지. 사람들은 상처받고 공허해졌어. 마음이 텅 비어버린 거야. 그 약해진 마음에 지식인, 정치인, 사업가, 종교인들의 거창한 말들이 슬그머니 들어와 자리를 차지했어. 그다음에는 어떤 일이 벌어졌는지 너도 알고 있을 거야. 그들의 거짓된 말이 인간을 나쁘게 만들었단다."

"학문, 정치, 경제, 종교 그리고 사회."

"다섯 개 전부 말의 죄가 사라져야 할 곳이지."

"「햄릿」을 꼭 전달할게요."

"이름이 뭐니?"

"삐리뽀구 샤를르리랑 두 번, 아, 아니. 럭키요. 조너선 럭키."

"좋아. 럭키. 널 믿는다. 켄토, 너도 잘해주길 바라!"

"멍!"

럭키가 떠나려 하자 신부가 불렀다.

"럭키."

럭키가 돌아보았다.

"가이아 여신은 어쩌면 시험하고 있는 걸지도 몰라."

"시험요?"

"인간이 과연 말을 돌려받을 자격이 있는가, 말을 돌려줄 때가 되었는가. 그러니 그 마지막 홀로그램을 전달할 때까지 긴장하렴."

"네."

"곳곳에 대화 센서가 작동하고 드론이 날아다니니 아무 곳에서나 홀로그램을 작동하거나 노출하지 말아라. 아직 다섯번째 홀로그램이 대리자의 손에 들어가지 않았으니 가이아 여신의 용서가 완성된 것이 아니다."

럭키는 고개를 끄덕이고 미로 같은 성당을 빠져나왔다.

○^^^^^^×

카론교에 도착한 럭키는 시계를 보았다.

밤 열시.

어느새 주변은 검은 어둠으로 들어찼고 거리마다 노란색 불빛들이 가득하다.

[끼익, 끼익, 꼬르륵]

마스크에서 돌고래가 암컷을 부르는 소리가 났다.

럭키의 배에서도 꼬르륵 소리가 났다. 돌고래 소리는 마스크가 고장나서 잘못 내는 소리였다.

몹시 정신없는 하루를 보냈다.

목이 탔고 배가 고팠다. 이 시간까지 집에 들어오지 않아

걱정하실 엄마의 얼굴도 떠올랐다.

자전거도 잃어버렸고 옷도 더러워졌고 손도 더러웠다. 무엇보다 티타늄 마스크가 망가졌다. 드론에게 다급하게 쫓길 때 무언가에 부딪힌 모양이었다.

켄토도 배가 고플 것이다.

'잠시 집에 들어가자.'

「햄릿」을 전달하는 일이 급했지만, 우선 몸을 추슬러야 했다.

멀찍이 떨어져서 보니 거실에 불이 환하게 켜져 있었다.

살금살금 뒤뜰 창고로 갔다.

매트리스에 눕혀놓은 존 메리는 사라지고 없었다.

존 메리 시신은 연극 공연장에서 만난 잘생기고 수염 난 남자가 해결하겠다고 했다.

미카엘과 레지스탕스들이 그녀를 데리고 간 것이 분명하다.

럭키는 뜰에 켄토를 내려놓았다.

켄토는 저쪽으로 달려가버렸다. 현관 앞에 놓인 자기 밥그릇으로 가는 모양이다.

'괜찮을까? 괜찮겠지. 녀석도 종일 굶었으니까.'

럭키는 켄토의 모습을 보며 생각했다. 엄마는 켄토가 밥을 먹으면 안 된다고 했다.

럭키는 뒤뜰의 파이프를 타고 이층 자신의 방으로 올라갔다. 서둘러 옷을 갈아입고 이층 욕실에서 뜨거운 물로 샤워를 했다.

침대에 앉아 메신저백을 열었다.

마지막 대리자에게 줄 홀로그램이 안전하게 들어 있었다.

문득 「햄릿」이 대체 어떤 이야기인지 궁금했다.

내용이 어떻기에 돈 스피크가 희곡들을 전달하는 것을 막는 것인지, 또 대지의 여신이 말의 죄를 사하는 상징으로 사용한 것인지 전부 궁금했다.

신부님은 홀로그램을 작동하지 말라고 하셨지만 럭키는 상관없다고 생각했다. 럭키의 집은 센서가 망가진, 세상에서 가장 안전한 곳이다.

럭키는 홀로그램 출력기의 재생 버튼을 눌렀다.

두 보초가 성 위의 망루에서 대화하는 장면부터 시작되었다.

「햄릿」은 덴마크의 왕자 햄릿이 아버지를 죽인 삼촌 클로디어스를 응징할 것인지 말 것인지를 두고 고민하다가 결국 파국을 맞이한다는 이야기였다.

럭키는 그 연극을 시간 가는 줄 모른 채 넋 놓고 보았다.

'세상에. 엄청 재미있다!'

럭키는 「햄릿」에 매료되었다.

연기를 펼치는 배우의 깊은 고뇌가 가슴 깊이 전달되었기에 그랬다.

'과거 조상들은 인간이 느끼는 수많은 감정을 하나하나 세심하게 표현하고 또 그것을 이해하면서 서로를 알아갔구나.'

럭키는 말이란 것이 정말로 중요한 것임을 깨달았다.

말이란 서로를 사랑하고 이해하는 데 없어서는 안 될 도구였다.

가이아 여신이 말을 없앤 이유는 그 말이 폭주했기 때문이다. 말이 서로 사랑하는 데 사용되지 않고 서로 미워하는 데 쓰였기 때문이다.

마지막 대리자가 「햄릿」을 받아 가면 인간은 다시 말을 되찾을 수 있었다.

럭키는 기분이 좋아졌다.

자신이 마치 세상을 구하는 구원자가 된 것 같았다.

그때 왈칵, 방문이 열렸다.

엄마였다.

럭키는 얼른 마스크를 착용했다.

럭키는 엄마에게 해가 질 때쯤 들어와서 숙제하고 있었다고 말하려고 했다. 그러나 럭키의 티타늄 마스크에서 기묘한 소리가 났다.

엄마를 마구 욕하고 마구 비난하는 소리였다.

너무 어처구니없이 잔인하고 야하고 증오하는 소리의 조합이어서 차마 여기서 그 소리를 기술할 수는 없겠다.

럭키는 마스크에서 엉뚱한 메시지 음이 출력되고 있음을 깨닫고, '아차, 마스크가 고장났지'라고 생각했다.

그러자 그 생각이 다시 스피커로 출력되는데 더 엉뚱한 소리를 내고 만다.

이 상황과 전혀 관계없는 뿌지직, 똥을 싸는 소리를 낸 것.

엄마 얼굴이 새하얘졌다.

럭키의 마스크에서 못되고 야하고 흉측한 소리가 나서 그런 것이 아니었다.

엄마는 럭키가 들고 있는 홀로그램 출력기에서 쏘아진, 홀로그램 배우들이 연기하는 모습을 보았기 때문이다.

럭키는 얼른 마스크를 벗었다.

엄마는 홀로그램과 럭키를 번갈아 바라보았다.

그 눈은 살인자를 본 것 같은, 아니 그보다 더 무서운 것을 본 것 같은 눈이었다.

럭키는 해명해야 했다.

이렇게 마스크로 대화하는 것은 이제 도저히 참을 수 없었다.

입으로 직접 말하는 게 좋겠다고 생각했다.

"엄마. 그게 아니구요. 제가 늦게 들어온 건 맞지만 사실은 중요한 문제가 있었어요. 이 홀로그램은……"

엄마가 마스크를 내던지고 다급하게 소리쳤다.

"럭키, 어서 달아나!"

"네?"

럭키는 엄마가 마스크를 쓰지 않고 목청으로 말을 했다는 것에 당황했다.

"어서 창문으로 달아나야……"

그때였다.

삐—

삐—

창을 통해 강한 빛이 럭키의 방 안으로 들어왔다.

엄마는 럭키를 감싸며 등을 돌렸다.

요란한 소리와 함께 수십 대의 드론이 창밖 허공에 떠 있었다.

드론들은 강한 빛을 뿌리며 럭키의 방을 비췄고 움직이지 말라는 불안한 경고음을 냈다.

럭키는 심장이 마구 뛰었다.

'이상하다. 집안에서는 음성반응 센서가 작동 안 되는데? 저 드론들이 어떻게 알고 온 거지?'

계단으로 정부군들이 요란한 발소리를 내며 올라왔다.

럭키와 엄마는 정부군들의 총부리에 무릎이 꿇렸다. 정부군들 뒤를 따라 계단을 올라온 두 사람.

낮에 럭키를 뒤쫓던 방호복 공무원들이었다.

그들은 켄토를 안고 있었다.

꿇어앉은 럭키는 그들의 명찰을 보았다. 명찰을 보니 그들은 센서 복구 공무원들이었다.

럭키가 엄마에게 대놓고 물었다.

"엄마, 우리집 센서, 언제 복구되었어요?"

엄마가 울 듯 소리쳤다.

"이 사람들, 다 듣고 있었어!"

럭키는 멍하게 엄마를 바라보았다.

엄마는 자지러지게 소리를 지르며 말했다.

"럭키 네가 오늘 하루 동안 누구와 만났는지, 또 무슨 일을 했는지 돈 스피크는 다 알고 있었다고!"

"어, 어떻게요?"

"센서 칩을 삼킨 건 켄토였어!"

"네?"

"켄토가 똥도 못 싸고 끙끙대기에 보니 센서 칩을 삼킨 거였어. 그래서 오늘 공무원이 오기로 했던 거야. 켄토 배 속에 있는 칩을 꺼내야만 했는데 네가 켄토를 데리고 도망간 거야. 켄토 배 속에 있던 센서 칩으로 네가 종일 불순분자들과 떠드는 내용이 전부 녹음되어 보고되었어!"

"맙소사!"

칩은 켄토 배 속에서 소화액 때문에 오류를 일으키다가 어느 시점에 다시 작동하기 시작한 것이다. 그래서 켄토와 럭키는 그들의 레이더에 포착된 것이다.

엄마와 럭키는 그들에게 끌려갔다.

럭키는 그들에게 끌려가면서도 마지막 남은 희곡 「햄릿」 생각뿐이었다.

상업 지구의 빌딩의 전광판에는 오늘도 돈 스피크의 얼굴이 나타났다. 대머리 돈 스피크는 주먹을 불끈 쥐고 피를 토하듯 연설하고 있었다.

"아직도 불순한 물건을 지니고 서로 대화를 하려고 시도하는 시민이 있다. 인간은 절대로 입을 사용해서는 안 된다. 입은 오해를 낳고 오해는 불신을 낳고 불신은 세상을 망가뜨린다. 신은 우리에게 두 번 다시 회생할 기회를 주지 않는다. 우리는 거리를 두고 최소한의 의사소통을 하며 살아야 한다. 신은……"

돈 스피크, 아니 가이아 여신은 아직 때가 되지 않았다고 판단한 것 같았다.

인간에게 말을 허락할 때가.

아니 어쩌면 영원히 인간에게 목소리를 주지 않겠다고 다짐한 것인지도 모른다.

인간은 지구 위에서 목소리로 너무 많은 죄를 지었다.

취미는 악플, 특기는 막말

초판 1쇄 발행 2020년 10월 12일
초판 13쇄 발행 2024년 3월 29일

지은이 | 김이환, 정명섭, 정해연, 조영주, 차무진

발행인 | 박재호
주간 | 김선경
편집팀 | 강혜진, 허지희
마케팅팀 | 김용범
총무팀 | 김명숙

디자인 | 디자인 잔
일러스트 | 조현아
교정교열 | 권순영
종이 | 세종페이퍼
인쇄·제본 | 한영문화사

발행처 | 생각학교
출판신고 | 제25100-2011-000321호
주소 | 서울시 마포구 양화로 156(동교동) LG팰리스 814호
전화 | 02-334-7932 **팩스** | 02-334-7933
전자우편 | 3347932@gmail.com

ISBN 979-11-971267-3-4 (43810)

이 도서의 국립중앙도서관 출판예정도서목록(CIP)은 서지정보유통지원시스템 홈페이지(http://seoji.nl.go.kr)와 국가자료종합목록 구축시스템(http://kolis-net.nl.go.kr)에서 이용하실 수 있습니다.(CIP 제어번호: CIP2020034676)